JN306260

ココロ・ファインダ

相沢沙呼

KOBUNSHA

光 文 社

目次

ココロ・ファインダ

コンプレックス・フィルタ

1

恋をした。

自分の名前は嫌い。鏡の子、だなんてまったく意味がわからないよ。ごわごわの癖毛、ニキビのできやすい肌、一重の瞼《まぶた》、どこをどうしたって自分の顔を見るのは嫌だった。せめて誇れるところといったら、少し高めの鼻くらい？

ミラ、と呼ばれる度に、心の中で笑ってしまう。鏡の見れないミラ子。なんて矛盾だろう。友達に声をかけられる度、そのことをいやでも意識させられる。

ねぇねぇ、ミラ。と、はしゃぐカオリの声につられて、彼女の指さす方に視線を向けた。グラウンドの片隅、水飲み場近くの木陰で、白くてぶさいくな猫が寝そべっていた。

早速、お腹に提《さ》げていたカメラを構えて、レンズを向ける。

「なんか虎に似てない？　どこから入ってくるんだろうね」

虎というよりはヒョウに近い顔をした猫だった。毛並みはよくないので、たぶん野良猫なんだろう。完全に寝入っているのか、頭が地面に落ちていて、顔が潰《つぶ》れている。ファインダーを覗《のぞ》いて、もう少し寄った。何度かシャッターを切る。たぶん、少し暗すぎ。ディスプレイで確認すると、思った通り露出がよくない。ほんと、ぶさいくな表情で心地良さそうに寝てる。露出補正をプラス1まで上げて、アングルを変える。

「あ、気付かれたよ」

猫が気付いて、身体を起こした。こちらに警戒するような視線を向けて、じっとしている。もっと寄りたかったけど、どうだろう。

「カオリ、望遠」

今日の彼女はわたしの荷物持ちだった。なんだか申し訳ないけれど、本人がカメラを忘れてきたんだからしょうがない。

カオリが手渡したズームレンズと交換。この作業が、なかなか慣れなくてまどろっこしい。とくに裏蓋を開け閉めするところとか、手がもう一つ欲しくなる。

もう少し寄っても平気かな？　近付いて、ファインダーを覗く。真っ暗。あれ？

「ミラ、蓋、蓋」カオリが笑っている。またやっちゃった。レンズキャップを外してスカートのポケットにねじ込んだ。

しゃがみながら、ゆっくり近付く。ぎりぎり望遠側にして、猫にピントを合わせた。

構図をちょっと考えて、シャッターを切る。この音は、いつ聞いても気持ちいい。

「カオリ、あっちに向かせて」

「おっけ」

軽やかに返事をする高めのアルト。彼女の声は特徴的で、一眼レフのシャッターと同じくらい耳に心地良かった。望遠でファインダーを覗いていると世界が狭くなるから、彼女の存在が声だけになったようで、余計にそれを意識する。

カオリが移動したせいで、猫がそちらを向いた。横顔を向けた猫と、視線の先の開けた空間。定番の構図だけれど、わたしには丁度いい。シャッターを切る。

撮った写真をディスプレイで確認すると、背景は理想的な感じにボケていて、猫の横顔がよく目立つ。

猫は結局、警戒するのをやめたみたいだった。さっきと同じように地面に頭を落っことして、またぶさいくな顔で瞼を閉ざした。

「どう？　いいの撮れた？」

「ダメ」寄ってきたカオリに画面を向ける。「これくらいぼかすんなら、公園とか緑がある方が良かったかもね」

「え、いいじゃん、カッコよくなってるよこの猫」カオリが写真を覗き込む。ふわりといい匂い。あ、またシャンプー変えた？「凜々《りり》しい横顔だね」

九月になっても、相変わらず日差しの厳しい放課後だった。太陽の輝きを浴びて、肩まであるふわふわと癖のかかっているカオリの髪が、赤く光る。わたしと違って、可愛らしい癖毛を持った彼女は、二年生になってからその長所を活かすようにパーマをかけている。先生たちはまだ気付いていないみたいだった。

「ね、あたしにも撮らして」

カオリは可愛らしい笑顔を浮かべて、とろけるような声を出す。白くて柔らかそうな頰が、チークをのせたみたいにほんのりと紅潮しているのがわかった。

もう何枚か挑戦したかったけど、まぁいっかと思い直して、首から提げていた一眼レフをカオリに預ける。彼女は腕にストラップを巻き付けて、ファインダーを覗きながら白い猫に向き直った。

カオリ、カメラ、似合うね。

それは少し羨《うらや》ましく、そして少し、妬《ねた》ましい。

彼女がシャッターを切る間、グラウンドを駆け抜けるサッカー部の男の子たちをぼうっと眺めていた。意識しないようにしていたのに、いつの間にか視線はその姿を探し求めている。少し遠いけれど、はっきりとわかった。見間違える気がしなかった。パスを受け取って、先陣を切るように駆け抜ける鳥越《とりごえ》くんの姿。自然とお腹に手が伸びた。カメラが欲しいな、と思った。動いている被写体を撮るのは、まだ苦手なんだけれど。たぶん、いい作品が撮れる、そんな気がして。

いつのことだったろう。鳥越くんが仲の良い男子とじゃれあっているのを見て、なんだかおかしくって笑ってしまって。そんなわたしに気が付いて、振り返った彼と眼が合った。彼は照れくさそうに、わたしを見て笑ってくれた。たったそれだけ。たったそれだけの、他愛のない瞬間。そのときに走った気持ちを、まだよく覚えている。手にしたカメラの中で、勢いよく鏡が跳《は》ね上がるかのような、柔らかくて心地の良い衝撃。

恋をすると、いやでも鏡と向き合うようになる。

週末なんかに撮影会をしていると、ときおり後輩の子に自分の姿を撮られてしまう。わたしは自分の写る写真が嫌いだ。だから、気心の知れているシズやカオリは、わたしの写真を撮ろうとはしない。けれど六月の撮影会のとき、不覚にも一年生の秋穂《あきほ》に撮られてしまった。彼女に見せられた自分の写真を見て、へこんだ。なに、この女装男子。そう。女装している男みたいだ。めちゃくちゃへこんだ。死んだと思った。秋穂はわざわざ銀塩カメラで撮って現像した写真をわたしにくれた。現像の練習だったらしいし、本人に悪気はなかったんだと思うけれど。その写真は呪いの品みたいに、今もわたしの机の中にしまわれている。捨てるのは、なんだか秋穂に忍びなくて未だにできない。

それから、毎日鏡を見ている。カオリに化粧の仕方を教えてもらったり、彼女の服装のセンスを盗んだりした。

でも、どんなに頑張っても、鏡の中の自分に満足できない。

わたしもカオリみたいに生まれてくればよかったのに。

カメラを構えて、猫を相手に笑っている彼女は、とても可愛らしかった。

2

九月の半ばになって、カオリが部活に顔を出さなくなった。もともと彼女は写真に熱心なタイプじゃないし、バイトをしているので、週の半分は部活をしないで帰ってしまう。

部活といっても、去年まで熱心に指導していた戸嶋《とじま》先生が忙しくなってからは、あまりまともな活動をしていなかった。堀沢《ほりさわ》部長やシズが一年生の子に現像のやり方を教えるくらいで、あとのほとんどは、部室で他愛のないおしゃべりをして過ごすことが多い。ときどきは写真雑誌を読んで、こういうのを撮りたいよね、なんて話すこともあるけれど、こっそり持ってきたファッション誌をぺらぺらと捲《めく》りながら、自堕落に時間を過ごしている。それでも、あの狭い部室はわたしにとって居心地の良い空間だった。無愛想なシズや勉強熱心の秋穂と一緒に、くだらない話をして放課後を過ごすのは、純粋に心地いい。それはカオリにだって同じことのはずなのに。

夏の暑さは撤退することを知らないみたいだ。開けっ放しの教室の窓から、生ぬるい風が入り込んでくるのを心待ちにして、お昼休みを迎える。額から滴《したた》る汗は、前髪を不格好におでこへ貼り付けさせ、丁寧に描いた眉を洗い流していた。ペンを走らせると、ノートに腕がくっついてもどかしい。

お昼休みは、カオリと一緒に過ごすことが多い。カオリは人気者だ。男子からの評価は高いみたいだし、へんに媚《こ》びた性格をしているわけじゃないから、女子からも好かれる。わたしは密かに、カオリと親友でいられることを誇りに思っていた。彼女と一緒にお昼を食べることができるのは、一種のステータス。いつだって、教室は、可愛い女の子、綺麗な女の子が中心になって廻っている。それは高校生になっても変わりないようだった。

けれどそのステータスが、今は少し息苦しいんだ。彼女を見ていると、つくづく思う。カオリはどうしてそんなに制服が似合うんだろう。カオリはどうしてそんなに可愛らしい笑顔を浮かべられるんだろう。カオリの髪はどうしてそんなにさらさらなんだろう。カオリのくるくるとしたパーマが羨ましい。頰にあるそばかすでさえ、素朴な可憐さをアピールするチャームポイントになっている。わたしが持っていないものを、カオリはぜんぶ持っている。たとえば、鳥越くんと親しげに話す方法とか。そうしていても周囲から不自然に見られない不思議な人柄とかを。

ときどき、羨ましくて。ときどき、妬ましい。

カオリは憂鬱《ゆううつ》な表情で、お弁当箱を机に広げたまま、ぼうっと窓の外を眺めていた。彼女が黙り込むなんて、珍しい。生理かな、なんて考えながら、椅子を移動させて彼女の席にくっつけた。でも、だからって部活に顔を出さなくなるなんてことがあるだろうか。今まで、そんなことはなかったと思うけれど。

視線が合うと、カオリはにこっと笑って、それから少し戸惑ったような表情を見せた。熱心に見つめすぎたかもしれない。

「なに。ミラ、あたしに恋をした？」

「恋をしているのは、カオリの方じゃないの」言いながら、お弁当箱を包むハンカチーフの結び目を、ほどいていく。お母さんの結び目はいつも固くて、ほどくのに苦戦する。

「なんだか憂鬱な顔をしている」

お弁当箱を広げながら、自分が口にした言葉の予言めいた不吉さに、胸のどこかが冷えていくのを感じた。

べつに、そういうんじゃないんだけど。ちょっとね。カオリは力なく笑って、お箸を手にした。すっと眼を細めて、空《あ》いている方の手で、毛先のくるっとしたカールを指で摘《つま》む。なに黄昏《たそが》れてるの、似合わないよ。そう笑ってからかってやりたかった。けれどわたしはなにも言わなかった。なにに悩んでいるのかは知らないけれど、寂しげに黙り込むカオリは綺麗だった。ねぇ、あなたにも悩みなんて、あるの？　だって、あなたはそんなにも綺麗で。そんなにも、男の子たちと、仲がいいじゃない。

「カオリ、どうして最近、部活に来ないの？」

アルバイト、忙しいの？

カオリは気まずそうに瞬《まばた》きを繰り返した。彼女は応える。「んー、べつに。なんとなくね」ふんわりとしたアルトの声と、へたくそな苦笑い。カオリは嘘をつくのが苦手だと思う。

「今日も来ないの？」

「今日はね、ほら、ナオに手伝い頼まれているし」

「ああ、そっか」

廊下側の席で、数人の女子とご飯を食べているナオを、ちらりと盗み見る。いよいよ本格的に、文化祭の準備が始まる。わたしたちのクラスはお化け屋敷をやることになっているから、実行委員のナオを筆頭に、放課後は遅くまで段ボールを弄《いじ》くり回す日々が続いていた。わたしは写真部で展示する作品がまだ決まっていなくて、ここのところサボりがちになっている。

「わたしも、今日は残ろうかな。ナオに怒られるのやだし」

ナオは普段から生徒会委員をやっているしっかり者だった。誰も立候補しないのを見かねて文化祭の実行委員になった彼女に、あまり迷惑をかけるわけにはいかない。

文化祭の日まで、カオリは部活に顔を出さない気なんだろうか。カオリの表情を眺めても、わかることは一つもない。

ご飯粒を唇の端《はし》に付けた彼女を、ファインダー越しに覗いてやりたかった。

3

「ねー、段ボール足りなくなったぁ」

間延びした声に、集中が途切れた。宮田《みやた》さんの声だ。肩をぐるりと回しながら、背後を振り返る。教室の机はすべて後ろに下げられて、ポスターや看板を作っている子たちは、その机に黙々と向かっている。わたしもその内の一人だった。教室の空いた空間では、床に段ボールを広げたり、暗幕に飾りを留めている子たちの姿がある。美術部の本《もと》橋《はし》くんが作った墓石のオブジェがやたらとリアル。さっき見たときよりも、汚し塗装が施《ほどこ》されて古びた感じになっている。

「どうする？　どこかから調達してこようか？」

そんなにたくさん、段ボールをなにに使うのか、サボりがちのわたしには詳しいことはわからない。様子を見ていると、ポスカで指を汚したナオが、困ったように首をひねっていた。話を黙って聞いていると、段ボール調達の当てが見つからないらしい。

「ねぇ、駅前のスーパーは？」ウーロン茶のペットボトルを開けながら、隣に座っていたカオリが言う。「去年、そこで貰《もら》ったことあるよ」

「ああ、なるほどね」ナオは手にしたグレーのポスカのキャップを閉めた。「ユキ、お願いできる？」

宮田さんは、ちょっと迷ったようにナオたちを見た。彼女たちが手を離せないと見たのだろう。こくっと頷《うなず》く。

「うっす。じゃ、行ってくる」

宮田さんはてこてこと教室を出て行った。なんだか不安だなぁと思って、声をあげる。

「ねぇ、男子、誰か付いていってあげて」

男の子たちは本橋くんの指示の下、梵字《ぼんじ》のような奇怪な図形を量産していた。みんな、わたしの声に顔を上げるものの、外まで行くのは面倒そう。えーやん、べつに。段ボールなんて重たいもんじゃねーし。なんてやる気のない声を出す。

「じゃあ、俺行くよ」

立ち上がったのは、鳥越くんだった。あれ、いたの？　びっくりして、息が止まりそうになる。え、待って。今日は、部活は？　彼と視線が合って、徐々に顔が熱くなるのがわかった。

「どんくらい貰ってくればいい？」

黙り込むわたしに代わって、ナオが答える。

頷く彼の姿を見て、躊躇《ためら》いがちに、足を踏み出した。でも、無理。だめだ。だって、そんな、無理だし。できないし。言えないし。いきなり、突然、わたしも行く、なんて。

鳥越くんは、ちょっと不思議そうにわたしを見た。なにか言いたげなわたしの気配を察知したのかもしれない。今日に限ってビューラーをしていない自分を呪った。わけもわからず恥ずかしくなって、頷いてしまう。開きかけた唇が、言葉を探す。

「あの」不審に思われる前に、まくし立てた。「ほら、宮田さん、ああ見えて、けっこう人見知りするから。だから、ちゃんとサポートして声をかけてあげてね」

それは嘘じゃなかったし、だからこそ不安で男子に声をかけた。宮田さんとはそれほど親しい仲じゃないけれど、それくらいはわかる。普段は陽気な彼女だけれど、スーパーまで行って、店員さんに声をかけるべきか暫《しばら》く悩んだあげく、なにも買わずに引き返してしまうようなタイプだった。わたしの言葉に、鳥越くんは納得したようだった。そう、鳥越くんは宮田さんと同じ班になることが多いし、調理実習のときも仲が良さそうだった。彼とならきっと、宮田さんもそこまで気まずい思いにならないと思う。

「ん、なるほど、さすが野崎《のざき》さん。ちゃんと人を見てるね」

鳥越くんはそう言って、カメラを構えるポーズをとる。「写真部だけに」とかなんとか言って、教室を出て行った。は？　意味がわからない。わたしは混乱していた。なに？　今のは、どういう意味？　もしかして、褒《ほ》められた？　それとも、ただのへたなジョーク？

助けを求めるためにナオに視線を向けた。彼女はもう違う色のポスカを手にして、机のポスターに向き合っていた。

4

人を見てる。

人を見ているって、どういう意味だろう。

枕に頬を埋《うず》めながら、全身の力を抜いて、ベッドにもたれる。部屋の電気はもう消えていた。明日の準備も終わったし、あとは睡魔に任せるまま、眠るだけ。

よく気が付くよね、なんてことをナオに言われたことがある。中学のときから、文化祭の作業とかでグループ分けをするのは得意だった。人の相性と性格を見て、適切に役割を割り当てる。パズルみたいで楽しいし、みんなが楽しく仕事をしているのを見るのは嬉しい。けれど、そういうのはナオの方がずっとうまいと思っていたけれど。

暗闇の中、腕を伸ばす。人を見ている。その言葉を考えながら。

たとえばカオリのこと。わたしは、べつに人を見ているわけじゃない。カオリに対してだって、最近はネガティブな気持ちばかり抱いて、自分で自分が嫌になる。本当に、カオリ自身のことを見ている時間はずっと少ない。たとえば、彼女がどうして部活に来なくなったのか、その理由をわたしは知らない。わたしにはわからない。わたしはそれを、見ようとしていない気がする。

昨日も、今日も、毎日一緒にいるのに。わたしは、それを見ようとしていない。

ほんの少しだけれど、心当たりはあった。カオリが部活に来なくなる前、わたしは日直で面倒な仕事を先生に押し付けられて、いつもよりだいぶ遅く部活に顔を出した。そのとき、部室から飛び出してくるカオリを見かけた。カオリはなにも言わないで廊下を去っていった。部長たちは暗室で作業をしていたらしく、部屋に残っていたのはシズと秋穂だけだった。

「カオリ、どうかしたの？」

シズはなにも答えなかった。秋穂は写真誌を手にしてぽかんとしていた。それだけ。

ただ、それだけだった。

たぶん、あのとき、なにかがあった。それで、カオリは部活に来なくなったのだと思う。

トラブルを起こす相手といえば、シズくらいしか思い浮かばない。彼女は他人に対する思いやりみたいなのが、ちょっと欠けているところがある。

けれど、シズはカオリのことを気に入っているはずだった。スナップやポートレートが好きなシズは、カオリをよく被写体にしている。この前も、文化祭に展示する作品を作るために、シズは休日にカオリを連れ出して撮影をしていたらしい。けれど、それはカオリが部室に来なくなる前の話だった。

シズは、物静かで人見知りの激しい子だ。といっても大人しいわけじゃなくって、どちらかというと攻撃的な性格をしている。

彼女はよく街中でスナップを撮る。社交的でないくせに恐れを知らない性格だからできるんだろうけれど、人物のスナップを撮るとき、彼女は当人の許可をとろうとしない。もちろん、スナップの持ち味は、日常を切り取る一瞬にある。まったくの他人に撮影の許可を貰って、それからシャッターを切るんじゃや、それは本当の意味でのスナップにはならない。

だからシズは、他人に許可を求めたりしない。

でも、それが原因で一度トラブルを起こしたことがある。誰だって、勝手に写真を撮られたことに気付けば怒るだろう。戸嶋先生にもそれが知られて、一度注意を受けていた。

シズは怒っていた。納得いかなかったらしい。

それ以来、シズは自分の望むシチュエーションを、意図的に作って撮影している。カオリを被写体にして、いかにも日常の中の一瞬を切り取ったように撮影しているのだけれど、それは構図やアングル、イメージやテーマまで緻密《ちみつ》に計算されたシチュエーション写真だった。カオリは可愛いから、モデルとしてよく映《は》える。いつだったか、教室で居眠りしている写真を撮りたいなんて言い出して、放課後の教室でカオリに演技指導をしていた。あの写真は傑作だった。いい出来で、投稿した写真誌の端っこにも載った。

だから、シズとカオリは、仲がいい。

そのはず、なんだけれど……。

5

翌日の昼食は、教室を抜け出して部室で食べることにした。賑《にぎ》やかな場所が嫌いだというシズは、たいてい部室でパンを食べている。

彼女は私物のノートパソコンを持ち込んで、インターネットをしているみたいだった。銀色の、リンゴマークのやつ。明らかに校則違反だと思うんだけれど、不思議と戸嶋先生はなにも言わない。ときおり、濡《ぬ》れ羽色《ばいろ》の長い髪を耳にかけるようにしながら、片手だけで操作して熱心に画面を覗いている。わたしが部室に入ってきたのを見ても、にこりともしない。シズは常のように静かだった。本名はしずくというのだけれど、これ以上ぴったりな愛称はないと思う。

他に部室にいるのは秋穂だけだった。一年生の秋穂は、高校に入ってから写真に興味を持ったらしい。あまり知識はないのだけれど、そのぶん勉強熱心だった。ぶっきらぼうなシズは、写真に関しては意外と面倒見がいいので、二人の相性はそんなに悪くない。それでも、寡黙《かもく》なシズと部室で二人きりというのは気まずいみたいで、わたしが入るなり、安心したようにぱっと顔を輝かせた。

「秋穂、なに読んでるの」

彼女の隣に座って、手にした弁当箱を机に置く。秋穂はコンビニのお弁当を食べながら、雑誌を机に広げていた。

「キャパです。先月の」

「PLフィルタ特集？」

ページの目立つタイトルに、そう書かれていた。

「凄いですよね。こんなに空がくっきり写るなんて」

PLフィルタは、主に風景や空を撮るときにレンズに装着する。確か、一定方向の反射光を取り除く効果があるとかなんとか。わたしはあまり使ったことがないので、詳しい仕組みはわからない。先生やシズに聞けば細かく教えてくれそうだけれど。

「わたしは、あれ、どうもダメだった」今日も固いハンカチーフの結び目をほどきながら、秋穂に答える。「フィルタって、向きを調節しなきゃいけないんだよ。でもさ、ピント合わせたときって、レンズがまわるじゃない？　その度にいちいち調節するのとか、苦手で」

どちらかというと、わたしは直感的に写真を撮りたい。今でこそ、シズにあれこれ言われて露出を気にするようになったけれど、一年生のときなんか、写真なんてとりあえずピントを合わせてシャッターを切ればいいものだと思っていた。だから、レンジファインダーやマニュアルフォーカスのカメラは、未だに扱えない。

その他にもレンズフィルタは色々と種類があるみたいだけれど、まぁ、どれも、特定の波長の光を取り除いて、違った効果を与えてくれる……んだと思う。正直、自信がないので、秋穂には説明しないままご飯を食べることにした。

シズはパソコンにイヤフォンを繋《つな》いで、動画を見ている。彼女は背を向けているので、辛うじて画面が見えた。テロップのような文字が流れているけれど、どれも英語だ。この子、成績いいんだよな。髪もさらさらだし、黙っていれば日本人形みたいに可愛いから、羨ましい。大人しそうに見える外見のせいで、彼女と遅くまで写真を撮っていたとき、おじさんにからまれたことが二度もある。あのときのシズ、おっかなかったな。おじさんたちもかなりビビってたし。

お弁当を食べ終えるまで、秋穂とおしゃべりを続けながら、シズの背中を観察していた。彼女の家のことはよくわからないけれど、金持ちなんだろうなぁ。面白いコンデジが出る度、それを買っているみたいだったし、デジイチだって三台くらい持ってる。レンズには赤いラインが入っているし、絶対、この子は普通の高校生じゃない。アルバイトとかしないでも生きていけそうな気がする。羨ましい。まぁ、わたしもアルバイトしたことないけれど。

彼女はパソコンを弄《いじ》るのが得意で、写真を撮るときもRAWで保存するらしいし、パソコン上で補正をかけている姿をよく見かける。暗くしたり、モノクロにしたりと、撮ったあとで色々と弄るなんてずるいと思うけれど、彼女の写真の腕は確かなもので、厳しい堀沢部長曰く、「パソコンで調整するのも、撮影時に最大限の力を出し切ってるからこそ赦《ゆる》せる」らしい。わたしにはよくわかんないけれど。

「ねぇ、シズ」お弁当箱を片付けて、彼女に声をかけた。「カオリとなにかあった?」

彼女はイヤフォンのコードを乱雑な手つきで耳から外した。静かにこちらを振り返り、何度か瞬《まばた》きを繰り返す。

「べつに」桜色の、艶《つや》やかな唇がそう応えた。お昼を食べ終えたくせに、もうリップを塗っている。「どうして」

「いや、喧嘩でもしたのかなって」

「わたしはなにもしてないけど」

シズはそれだけ言って、またパソコンに向かう。彼女がイヤフォンを再び耳にねじ込む前に、わたしは聞いた。

「シズ、なに見てるの？」

「動画」素っ気なく応える。それで説明は終わり、と思いきや、今日のシズは珍しく饒舌《じょうぜつ》だった。「面白いよ。ミラ子も見てみな」

シズがパソコンからイヤフォンを取り外すと、スピーカーから英語の音声が流れてきた。彼女が見せてくれたのはYouTubeの動画だった。真っ白い画面に、スケッチのように簡単な絵が描き込まれていく。人物、地平線、灯台。それを示すように、アルファベットでへたくそな文字がキャプションされていった。英語のナレーションはなにを言っているのかさっぱりわからない。次の画面に切り替わると、無数の写真が画面いっぱいに表示されていく。

「スケッチを元に、ネットから似たような写真を探し出す」

シズが言う。わたしの肩越しに、秋穂も顔を覗かせていた。

次の画面に表示されたのは、一枚の写真だった。灯台のある海辺の風景で、夕焼けが眩《まぶ》しい。手前には外国人が写っている。

「これって、同じですね」

秋穂の言葉で、気が付いた。あのへたくそなスケッチとまったく同じ構図の写真だった。

「そう。似たような写真を探し回って、それを集めて、スケッチで指示した通りに合成しているの」

「え、これ、本物じゃないの？」

思わずシズの肩越しに、ぐいと顔を寄せてパソコンを覗き込んだ。シズはちょっと迷惑そうな表情をして身体を引く。彼女のシャンプーの匂いがした。あ、この匂いいいな。なに使ってるのかあとで聞いてみよう。

「本物を寄せ集めた、合成写真。もちろん、うまくいかない結果になることもあるけれど、ぱっと見にはわからない出来になることも、あるみたいだね」

シズはこういう情報に詳しい。

「スケッチが描ければ、思うような構図のショットを作れる。このソフトはまだまだ使い物になりそうにないけど、そのうち、写真なんて撮る必要なくなるかもね」

シズはそう言って、画面を切り替えた。もうおしまい、というふうに右手をひらひらと振る。彼女お得意の、うるさいからあっちへ行けのサインだった。秋穂と顔を見合わせて、狭い部室の反対側へと移動する。

シズは、完璧主義者だ。少しの妥協も許さない。だから、さっきの言葉は冗談だと思う。けれど、シズの目指しているものってわたしたちとは違うんだろうなって、ときおりそう思うことがある。

シズはきっと、写真を撮りたいわけじゃなくて、自分でイメージしている光景を、確たるものとして目の前に創り出したいんだと思う。

だから、彼女に絵の才能があれば、彼女は画家を目指していたんじゃないかな。

秋穂を廊下に連れ出して、この前のことを聞いてみた。

「この前のことだけどさ……。ほら、わたし、遅れて顔出したときあったでしょ。先週だっけ」

秋穂はきょとんとしている。

「あのとき、シズ、カオリとなにかあった？　わたし、カオリが出て行くところ、見たんだよね。あれから、カオリってば部活に行こうとしないし、どうしたのかなって」

彼女はちょっと俯《うつむ》き、眉根を寄せて考え込む。秋穂の後ろ、廊下の曲がり角に置かれた天使の銅像は、去年から翼が折れたままになっていて、ガムテープとパイプみたいなもので無理矢理補修されているものだから、いつ見ても笑いそうになる。

「そういえば」と、秋穂は思い出したようだった。わたしはシリアスな顔を引き戻す。

「わたし、本を読んでいたから、あまり話を聞いていなかったんですけど……。なんだか、できあがったシズ先輩の作品が、日比野《ひびの》先輩のイメージと違っていたみたいなんです。それで、先輩、ちょっと怒っていたみたいで」日比野というのは、カオリのことだ。ひびのかおり。なんて、語感が詩的で可愛らしいけれど、本人は好きではないらしい。野崎鏡子《きようこ》なんて名前よりは絶対にいいと思うけどな。「なんて言ってたかな……。そう、どうして写ってないのって」

どうして写ってないの？

名前のことをぼんやり考えていたせいか、秋穂の言っている意味がよく理解できなかった。

「どういう意味？」

「わたしもわかりません」秋穂はふるふるとかぶりを振って、ボブの黒髪を揺らす。「撮ったのって、シズ先輩ですよね。だからシズ先輩が勝手に構図を変えたのか、それとも、なにかをフレームから外しちゃったのか……。よくわからないんですけど、日比野先輩、それで怒ってたみたいです」

問題になった作品っていうのは、たぶん、シズが文化祭に展示するために撮った写真のことだろう。あるいは、写真誌に投稿するための作品、という可能性もある。シズは女性のポートレートを撮るのが好きだから、可愛い女の子をモデルにしては、よく雑誌に投稿している。アンタはホントに女の子なのか、と思えるくらいで、カオリの情報によれば、シズはアイドルの写真集なんかも持っているらしい。まったくもって信じられないよね。

カオリは、わたしと違って喜んで写真に写りたがるような子だ。自分の可愛らしさというのを承知しているタイプなんだと思う。だから、自分のことを十二分に可愛らしく撮ってくれるシズとは、よく一緒に出かけているようだった。共同作品のようなものだろう。

けれど……。

「写っていなかった……？」

秋穂の言葉を反芻《はんすう》する。

なにが、写っていなかったんだろう？

二人は、なにを撮ろうとしていたんだろう？

それは、カオリが部活に来たくなくなるくらい、重要なことなんだろうか？

6

「バイトがあるの」と、机を移動させている間、耳元で囁《ささや》かれた。驚いて肩が跳《は》ねる。息を吹きかけるのはやめてよ。ていうか変にセクシーな声出さないで。あんた声優になれるんじゃないの？「という理由で、一緒に抜けちゃおう。ミラは写真部の用事ってことでさ」

「ナオに怒られるよ」放課後、机を教室の後ろに移動させている間のできごとだった。クラスのみんなは、椅子の脚でガツガツと乱雑に床を削るようにしながら、それぞれの机を運んでいる。わたしはカオリを振り切るようにしながら、とりあえず自分の机を後ろに追いやった。「カオリは？　バイトじゃないの？」

「今日はないよ」

彼女は両手をお尻の辺りで組んで、身体を横に向けていた。なんだろう。ここのところのカオリは、普段から絵になるポーズをしている気がする。へんなふうにシズに調教されてしまったのではないかと心配だよ。

机を移動させる音が、教室中に鳴り響く。

わたしは聞いた。

「シズと喧嘩してるの？」

カオリは俯き加減にしていた顔を上げて、わたしを見返した。すぐに眼をそらす。

「んー、べつに」

彼女の苦笑いは、なんだか元気がなかった。

「ねぇねぇ」身体を寄せて、カオリが囁く。これからする悪戯《いたずら》を宣言するように、無邪気であどけない表情だった。「一緒に買い物行こう。今日、セールやってるよ」

セール。なんて魅惑的な言葉だろう。わたしはナオの姿を探していた。彼女は付箋《ふせん》の挟まったノートを片手に、岸田《きしだ》くんとなにかを打ち合わせている。ようし逃げるなら今のうち。わたしもカオリに色々と聞きたいことがあった。鳥越くんは部活みたいだし。

二人でこそこそとナオの背後に廻り、「今日はバイトあるからさっ！」「わたしも、部長に頼まれごとされてて」とかなんとか無情な宣言をして、教室を出て行く。

廊下を歩くカオリは鼻歌交じりで、少し機嫌が良さそうに見えた。けれどわたしたちは、この一年とちょっと、ずっとそうしていたように、ここで廊下を曲がって部室を目指すことはしなかった。スクールバッグに押し込まれた一眼レフがやたら重い。ここ最近のカオリはカメラを持っていないようだった。

カオリがシズと喧嘩しているその理由は、わからない。こうして彼女の横顔を眺めていると、彼女がシズに対してそんな感情を抱いているふうには見えなかった。仲のいい二人が喧嘩するような原因って、なんだろう。写っていなかったって、いったい、なにが？

目指すべきルミネへ移動する間、わたしたちはいつものようにくだらない話をしていた。写真や部活の話はしない。わたしはなにも聞かなかった。聞いたとしても、きっとカオリは話したがらないだろうから。

ルミネへ着くと、いつものように上の階から攻略しようということになった。わたしたちはいったんトイレへ入り、そこでスカートの丈を短くする。中には駅で電車を待っている間に、もぞもぞとスカートを折り曲げている子を見かけるけれど、やっぱり人目は気になる。カオリは化粧スペースの鏡を覗き込んで、たっぷりと時間をかけてアイラインを描いていた。わたしは少しでも顔色をよくしようとチークをのせる。よし、これで準備完了。

エレベータで一気に上り、じわじわと馴染みの店を物色していった。赤く目立つセールの文字がビル内の壁を縦横無尽に駆け巡っている。たくさんの女性客の中で、わたしたち高校生の姿は少し浮いている――というわけでもないみたいで、もう三組くらいのグループを見かけた。そのうち一人はピンクのブラウスが凄く似合っていて羨ましかった。あれって、制服指定がない高校なのかな？　シズみたいなさらさらの髪。いいなぁ。羨ましい。

買い物は楽しいけれど、洋服を選ぶのは、少しばかり憂鬱。可愛い服が並んでいるお店には、同年代の可愛い女の子たちがやってくる。わたしはどうしても、他人と自分を見比べてしまう。肌の白さとか、髪の艶やかさとかを。選んだ洋服を手に取り、肩に押し当てながら、鏡に映る自分の顔色の悪さを見て、溜息をこぼす。こういうの、さっきの髪の長い子の方が絶対似合うよね。さっきの子、これを試着室に持って行ったし。なんだか同じ服を買う気にはなれない。

カオリはフリルの可愛いブラウスや、オレンジの花柄刺繍《ししゅう》が映えるワンピースとかを手にとって、これ可愛い！　なんて無邪気に喜んでいる。どれも夏物だけれど、工夫次第ではまだまだ活躍できるかもしれない。基本的に、わたしはカオリのセンスを真似ているので、洋服の趣味は当然ながら同じだった。けれど先にカオリが服を手にして、可愛いと声を上げ自分の肩に押し当てる度に、わたしは買う気を無くしてしまう。だって、カオリの方がめちゃくちゃ似合うし。

なにも買わないまま、ここのところ当たりの多いオリーブがあるフロアへと降りた。途中で見かけたお店が気になって、二人でふらふらとそこに入り込んでいく。カオリはさっそく、ウエスタン風のおしゃれなベストを見つけてはしゃいでいた。ねぇねぇ、ミラ、これ見てよ。よくない？　どれと組み合わせたらいいかな？　うーん、そうだねぇ。なんて、考えるふりをしながら、自分好みのイチゴ柄ワンピースを見つけて、それを肩に当ててみた。鏡を見る。うん、結構好きな色合い。値段を見ると、驚愕の70％オフだった。まぁ、夏物だろうしね。けど、上にベストやカーディガンを羽織れば、まだまだいけるんじゃない？　けれど鏡の中で、顔色を悪くしてこちらを見返している自分を見つめると、徐々に購買意欲が下がっていく。どうして、こうして顔を上げて、眼が合う自分が、カオリじゃないんだろう。

これ、可愛いですよねぇ！　甲高《かんだか》い声で、小柄な店員さんが寄ってくる。わたしは店員さんに捕まるのが好きではなかった。どんなふうに受け答えしたらいいかわからなくて、表情が凍り付く。逃げるように顔を背けると、鏡の中のわたしがひどく不細工に見えた。あ、ホントだ。ミラ、それ超可愛いよ、似合ってるじゃん！　店員さんの声を聞きつけて、カオリが近付いてくる。店員さんは、このワンピースがいかに可愛らしくて、在庫が残り二点しかないということをきんきんする声で力説していた。わたしはあまり聞いていなかった。確かに可愛いけれど、でも、自分が着たらどうなんだろう？

「ミラ、試着してみたら？」

カオリは悪戯っぽく笑う。わたしがなかなか服から手を離さない様子を敏感に察知したのかもしれない。その言葉は店員さんをエスカレートさせる。試着ですか、どうぞどうぞ、絶対お似合いですよ、いまなら試着室空いてますから、どうぞこちらに、あ、ブラウスはこれを合わせたら絶対可愛いですよ、他にお好きな色はありますか？　普段はどんな格好されるんですか？　あ、ミュールはこれでどうですか、どうぞどうぞこちらへ。

どうぞどうぞお構いなくと抗《あらが》う暇もなく、狭苦しい試着室に閉じ込められた。手にはワンピースと店員さんが揃えてくれたブラウス、足元にはミュールの他にブーツまで用意されていた。鏡を振り返ることはしないで、観念することにした。フェイスカバーが使い回しのものしか置いてなかったので、かぶらないで着替えてしまった。なんて悪い子だろう。まぁ、大したメイクはしていないし、なんかグロスみたいなのが付いていて汚い感じがしたし、べつにいいよね。

制服をハンガーに掛けて、ミュールとブーツどちらにするか、少しだけ逡巡《しゅんじゅん》する。まぁブーツは暑苦しいし、そもそも持っていない。靴下を脱いで大人しくミュールに足を突っかけた。

鏡に映る自分を見つめる。

人を見てる。

どうしてか、その言葉がぼんやりと浮かんだ。

わたしは、そんなことない。そんなこと、ないよ。

こんなにすぐ近くにカオリがいるのに、カオリのこと、なにもわからない。彼女がなにに傷付いて、なにに怒っているのか。シズとの間に、なにがあるのか。一緒に教室で喋《しゃべ》って、遊んで、こうして買い物をしていても、渦巻く感情は醜《みにく》い嫉妬《しっと》だけ。カオリはいいな、可愛くて。髪がくるくるカールしてて。頬がすべらかで。肌が白くて。いいな。いいな、ずるいな。きっと、カオリの方が、このワンピースだってずっと似合うんだろうな。カオリの横顔を見つめても、わたしは、そんなところしか見ることができない。

わたしは、人を見てなんかいない。

だって、自分のことだって、見ることができない。

嫌なやつ。嫌なやつだ。

鏡に映っているのが、自分じゃなきゃいい。

開けて大丈夫ですか、という店員さんの声がする。

わたしも、カオリみたいに生まれてくればよかったのに。

唇を結んだまま、扉を開ける。

可愛いじゃないですかぁー、という店員さんは、わたしの顔を見ていなかった。そりゃね、そりゃ、服は可愛いと思うよ。でもね、店員さん、せめて顔くらい見てよ。そうでなきゃ、嘘だってバレバレだよ。

カオリは少し離れたところで服を見ていたようだった。彼女は眼を大きくして、こちらへ寄ってくる。大きな瞳で見つめられて、わたしはなんだか照れくさくなり、顔を背けた。

「やっぱり似合わない」

わたしは呟《つぶや》く。

「そんなことないってば」カオリは笑った。「ミラ、似合ってるよ。可愛い」

カオリの言葉が嘘かどうか、判断は少し難しかった。嘘だとしたら、カオリはこういうときだけ、嘘をつくのが上手いと思う。

7

結局、ワンピースを買って帰った。不満点といえば、ウエスト廻りがゆったりとし過ぎていて、あまり細く見えないところかもしれない。そこはカオリも正直に指摘してくれたけれど、上にカーディガンやベストを羽織るだけで、印象はがらりと変わった。いくつか持っている服との組み合わせを思いついたので、最終的には納得した買い物になったと思う。けれど、本当に自分に似合っているのかどうかは、自信がなかった。

わたしも、カオリみたいに写真の中で微笑むことができればいいのに。

夕飯を食べて部屋に戻ってから、わたしはベッドの上でぬいぐるみを抱きかかえ、じっとしていた。傍《かたわ》らには、自分で撮った写真のアルバムがある。以前、シズと一緒に撮ったカオリの写真が何枚もあった。一年生の秋穂たちが入って初めての撮影会。春の森林公園で、わたしたちは思い思いに写真を撮った。途中からシズがカオリを撮りだして、それにわたしも便乗した。カオリは自分で写真を撮る暇もなくなるくらい、シズにあれこれ注文をつけられていた。

写真の中の彼女は輝いている。白くて綺麗な肌とか。光を浴びて笑顔を浮かべている彼女の頬とか。どれをとっても、敵《かな》わない。

ときどき、怖くなる。

鳥越くんは、カオリのことが好きなのかなって。

たぶん、きっとそうだよね。

だって、こんなに可愛いんだもん。わたしなんか、勝ち目がない。

ぜんぜんだめ。ぜんぜんだめだ。

わたしは、たぶん、少し嬉しかったんだと思う。

人を見てるって、鳥越くんに言って貰えて。

けれど、それは間違いで。鳥越くんの、間違いで。

わたしは、なにも見てなんかいない。だからこそ、間違いにしたくなくて、鳥越くんが褒めてくれた自分を、本当の自分にしようとしていて、だからカオリのことをよく見ようとして、シズとの間にあるトラブルを、ちゃんと解決しなくちゃって……。

すごく、嫌なやつ。カオリのためでも、シズのためでもなくて、結局は、自分のため。

嫌なくらい、醜《みにく》くて。

買ったばかりのワンピースを肩に当てて、鏡の前に立つ。

以前、シズに見せて貰った写真を思い出す。インターネットで見かけたという写真で、一眼レフを構えた女の子が、鏡越しに自分を撮るという構図のものだった。シズが言うにはありきたりな構図らしいけれど、わたしは一眼レフを構えて鏡を睨《にら》むようにしているその写真が好きだった。真っ黒な機械とレンズに覆い隠されて、顔はほとんど見えない。それなのに、こちらを鋭く睨むように見ている女の子の構図。

けれど、わたしにはその写真を撮ることができない。

鏡の中、引きつった笑顔を浮かべているわたし。ニキビで赤くなった痛々しい頬。

わたしは、絶対にわたしを撮らない。

「ミラ、似合ってるよ。可愛い」

カオリの無邪気な言葉が、頭の中で甘く囁く。嘘だとわかっていても、その言葉は優しかった。彼女がもう部活に顔を出さないと想像すると、胸が痛くなる。ちょっとした喧嘩のはず。なにがあったのかはわからないけれど、カオリだってすぐに戻ってくると思う。それでも、もう仲の良い四人でカメラを抱えて遊びに行ったりできなくなるんじゃないかって、そう考えるだけで、身体が震えた。

もう少し、よく考えてみようと思った。今度は自分のためじゃなくて、あの居心地の良い部室を取り戻すために。もう少し、カオリのことを、きちんと見ていたいと思った。

8

まずはシズを問いただす。シズは頑固なところのある子だけれど、厳しい言い方をされることに慣れていない。きつく叱るように言い聞かせれば、意外と大人しく言うことを聞くところがある。そのことに最初に気付いたのは堀沢部長だった。たぶん、親や先生に叱られるとか、そういう経験がないんじゃないのかって、部長は言っていた。

「ねぇ、シズ」お昼休みの部室には、他に誰もいなかった。「カオリと喧嘩しているんでしょう？　秋穂に聞いたよ。シズが勝手に構図を変えたりしたんじゃないかって。それで、カオリが怒ってるんじゃないかって」

最初、シズはうるさそうに眼を細めていた。彼女はノートパソコンを弄りながら、イヤフォンを耳から引っこ抜いた。

「べつに、わたしはなにもしてない。あの子が勝手に機嫌を損《そこ》ねただけ」

溜息混じりの声だった。

「じゃあ、どうしてカオリが怒ってるの？　カオリ、写ってないって言ってたんだって？　カオリが写して欲しかったものを、撮らなかったんじゃないの？」

「写して欲しいものって、なに」

シズは馬鹿にするように言う。

「そりゃ……」わたしは言葉に詰まった。「帽子がフレームから外れてたとか。アクセサリとか、そういうのとか」

「そんなことで、不機嫌になるか？　普通」

かっとなった。

シズは鼻から息を吐いて、肩を竦《すく》めた。いちいち動作がむかつく子だった。そんなんだから友達もなかなかできないんだよと言いたくなる。けれどシズの言葉ももっともだった。確かに、カオリはそんなことで不機嫌になるようなわがままな子じゃない。これがシズだったらわかるんだけど。

「じゃ、写真見せてよ。写真。データあるんでしょ」

「べつにいいけどね」シズは試すような口調で言った。「ミラ子、ＲＡＷ開けないでしょ？　印刷したのあるから、あげるよ」

彼女は鞄《かばん》の中から小さなアルバムを取り出して、何枚かの写真を抜き取った。それを捨てるようにぽいと机に放る。

「これ、借りるよ」

シズはもうイヤフォンを耳に押し込んでいた。

「ご自由に」

また、片手をひらひらとするあの動作。

腹立たしい気持ちを抑えながら、部室の反対側へ移動する。会議机の椅子を引いて、腰を下ろした。写真に眼を落とす。

写真の中のカオリは、まるでモデルみたいに輝いていた。どこかの公園で撮ったんだと思う。背景の花畑が淡く綺麗にぼけていて、差す光が珠《たま》のように輝いていた。逆光気味のはずだけれど、綺麗に撮れている。カオリは屈《かが》むようにして左の方を見ていた。いったいなにを見つけて、そんなにも愛《いと》しげな瞳を向けているんだろう。想像力を一気にかき立てられるような、美しい写真だった。

やっぱり、シズは天才だと思う。

次は少しばかり引き気味のショット。カオリは立っている。眼を細めて遠くを見ているようだった。シズがなにか上手いことを言ったのか、カオリは自然に微笑んでいた。シズは無愛想だけれど、モデルの表情を操るためなら、重い腰を上げて口を動かすことができる。背景の花畑と、カオリが一体化したような写真。

次はアップのカオリの横顔。一瞬、どきっとした。写っているカオリはほとんど無表情なのに、その美しさに思わず見とれてしまった。彼女の、中途半端に唇を開けて、ほんの微《かす》かに白い歯を見せる、いつもの表情をとてもよく活かして撮っている。前ボケで淡く写っている白い花が、高貴な美しさを際立たせていた。カオリ、すげー。モデルでやっていけるんじゃないの。これを文化祭で展示したら、どんなことになるだろう。

けれど、わからない。写っていないものってなんだろう。ここに写っていないものって。

カオリの全身が入っているショットを見ても、さっぱりわからない。周囲には花や草木しか写っていないし、なにかがフレームから外されたような気配はみじんもなかった。カオリは白いワンピースを着ている。涼しげで、ちょっぴり大人っぽい。足元、サンダルを写した写真もある。

写っていないもの。それが写っていないことで、カオリが怒るようなもの。いったい、なんだろう？

9

放課後は秋穂に頼まれて、暗室の作業を手伝った。一年生は部長から現像のやり方を教わるから、部室よりも暗室で過ごしていることの方が多い。暗室は旧校舎の方にあって、部室から行き来するのは少し不便だった。けれど、そのぶんエアコンが付いている。まぁ、夏場はエアコンがないと、ほんとに死んでしまう。

部室のある新校舎の方へ歩きながら、カメラを構えた。今日はレンズキットの望遠レンズを付けっぱなしにしていた。秋穂はまだ暗室に残るようで、わたしはのんびりとファインダー越しに校庭を覗いていた。少し、写真を撮りたい気分だった。サッカー部の男子たちが声を上げながら駆け巡るグラウンド。西日が差し込む茜《あかね》色に染まった世界を、覗き込む。ぐっと人差し指を押し込んで、シャッターを切った。砂粒が光を反射しているみたいで、綺麗だ。夢中になって、何度もシャッターを切る。堀沢部長の、ズームするくらいなら歩けという言葉を思い出しながら、身体を進ませる。

逆光の写真は、まだうまく撮れない。ディスプレイで確認すると、出来の悪さに溜息が漏れた。ファインダーで覗いたときは、あんなにも綺麗だったのに。わたしの手には、収まってくれない景色。それがまだまだたくさんある。シズなら上手いやり方を知っているんだろうな。彼女はもう帰ってしまった。カオリの来ない部室は、今は誰もいない。

ファインダーを覗き直し、ぐるりと視界を巡らせる。

雲が、蛇腹《じゃばら》みたいな模様を描いている。ＤＮＡの螺旋《らせん》みたいにも見えて、面白い。日が傾きかけているのに、綺麗な晴天だった。何度かシャッターを切って、またレンズの方向を変える。校舎。屋上。窓から見える、吹奏楽部の子たち。頭上の桜の木。眼下の影。一つの光景を見つける度に、心地良いシャッターのリズムが響く。

ふだん、シズはどんな気持ちで、このファインダーを覗いているんだろう。どんなものでも、自在にカメラに収めることのできるシズは、どんな気分でレンズを被写体に向けているんだろう。

わたしは、手に届かないものを、手に入れようと足掻《あが》いている。自分では、まだそっくりそのままカメラに収めることができずに、もどかしい思いを抱きながら、それでもそれを手に入れたくて、何度も何度もシャッターを切る。へたくそでも、カメラの扱い方を知らなくても、シャッターを切る。夢中になって、それを捉えたくて。手を伸ばしたくて。

ブレるかもしれないけれど。ピントが合わないかもしれないけれど。逆光かもしれないけれど。とにかく、しっかりとファインダーを覗いて、今だと思った瞬間を、この目に焼き付けたかった。

グラウンド。駆け抜ける、俊敏な体軀《たいく》。獰猛《どうもう》な獣のようにボールを追いかけ、突っ切るその姿を、ファインダーに収める。掌《てのひら》に汗が浮かんだ。時間は待ってはくれない。

焦《あせ》る。一度ディスプレイを見て、露出を確認。たぶん、もう少し明るくした方がいい。それと、フォーカスのモードを変える。ファインダーを覗き直し、レンズをテレ端《たん》に回す。安っぽい三百ミリの焦点距離じゃ、頼りない。走る。今度は自分が、前へ。この位置。構え直して脇を締める。シャッター。一度、二度。シャッタースピードを変えようと思い直す頃には、すべてが終わっていた。

ボールはゴールを外れたらしい。急いで手元の液晶画面で、その出来を確認する。よかった。ブレていない。そこそこ、いいものが撮れたと思う。光の加減も丁度いい。少し構図が変だけれど、でも、予想外にスピード感が出ていた。

少なくとも、自分が感じ取った、その瞬間そのものを、この手に収めることができたはずだった。

もう一度、動く被写体に挑戦。レンズを向ける——。

鳥越くんが、こっちを見る。

レンズ越しに、眼が合った、ような気がした。

帰宅して、すぐベッドに寝転がった。

まだ、心臓がうるさく鳴っている。そう、家に帰るまでの道は、なぜか駆け足になってしまった。きっと、たぶん、そのせい。

息を吐いて、ベッドで寝そべっているブーフをたぐり寄せた。それを抱きかかえながら、はにかむ顔をぬいぐるみに押し付ける。それから、自分で自分を叱った。反省するべき点は、何度もあったと思う。たとえば、彼がわたしに気付いて手を振ってくれたときに、小さな声しか出せなかったこととか。肝心のその瞬間に、シャッターを切らないで、ぼうっとしていたこととか。そのまま逃げるみたいに帰ってしまったこととか。いくつも、いくつも、後悔ばかり、思い浮かぶ。

あのとき、わたしは、笑えていただろうか。

昨日、クロゼットに仕舞った、あのワンピース。

ワンピースを着たいな、と思った。今日見た写真の中のカオリみたいに、光を浴びて笑うことができたらいいのに。

地味で、狭苦しい一室。その鏡台の前。ここじゃいくら笑顔の練習をしたって、光なんて差さないよ。

どうすれば、カオリみたいに笑えるんだろう。カオリみたいに、可愛くなれるんだろう。

化粧がうまくなったら、ちょっとは可愛くなるかな。本棚から雑誌を抜き出し、ベッドに転がる。寝そべりながら、雑誌を捲った。

何号も前のだけれど、わかりやすいナチュラルメイクの特集記事があって、未だに読み返すことがある。カオリにメイクを教えて貰ってから、なるべくメイクをしているけれど、なかなか毎日、というわけにはいかない。あんまり派手にすると、先生にバレるし。ホットビューラーが欲しいな、と思った。カオリみたいに睫毛《まつげ》がくるんってなれば、眼が大きく見えるかもしれない。そうしたら、鏡の中の無愛想な自分に、ちょっとは愛嬌《あいきょう》が生まれるかも。

やっぱり、いい道具を買わないとダメかな。

でも、お小遣い、絶対に足りないし。もうワンピース買ったからすっからかんだし。カオリみたいに、バイトしようかな？

化粧品の広告ページに写る女優さんの肌を見ると、憂鬱になる。あまりの綺麗さに、なんだか腹が立ってしまった。だって、こんなの、最初から勝負になってない。こんなの人間じゃないよ。綺麗すぎる。おかしいよ。だって人間って、毛穴があるじゃん？こいつら、そんなのなくない？どこで皮膚呼吸してるわけ？普通にストレス抱えてたら、ニキビ跡のひとつやふたつくらい、できるでしょ？それってどんなにファンデを重ねても消えないじゃん。それとも、やっぱりわたしが使ってるリキッドファンデが安物すぎる？　コンシーラは、肌が暗くなるだけじゃん。

やっぱり、モデルって宇宙人に違いない。こんな綺麗な肌のひと、見たことないもん。

カオリはギリギリ地球人だな。だって毛穴あるし。


あ、と思った。


鞄をひっくり返して、教科書に挟んでおいたカオリの写真を取り出す。アップの写真。

今度は自分のアルバムを引っ張り出して、自分で撮った写真の中から、カオリがアップで写っているものを探した。夏に撮った写真の一枚。クレープを食べて頬にアイスクリームをくっつけた可愛らしい彼女。

二枚を横に並べて、比べる。

まさか、ね。

まさかとは思った。そんなのない。そんなのないよ。

でも、シズならそれができるだろうし、あの子ならやりかねない。たぶん、なんの感慨も抱かずに、カオリがどう思うかなんて想像もしないでやったに違いない。

すぐに確認したかったけれど、電話で話すと長くなりそうだった。ワンピを買ったばかりだから、電話代が気になる。朝、早めに部室に来れるか、シズにメールをした。

メールはすぐに返ってきた。

『べつにいいけど』

絵文字もなにもない、シズらしい返事だった。

10

「見つけたよ。写っていないもの」

写真を机に置いて、シズに言う。

「カオリのそばかすだね」

シズは黙ったままだった。彼女はノートパソコンから顔を上げて、じっとわたしを見ている。

この子ってば、たまにこういう無神経な行動を平気でする。シズは、カオリのそばかすを消した。彼女の得意なデジタル処理——パソコンを使って、魔法みたいに消してみせた。化粧品の広告に写る女優さんたちが、みんなそうされているように。

カオリだって人間だ。顔にそばかすくらいあるよ。毛穴くらいあるよ。でも、完璧主義者のシズは、きっとそれが気に入らなかったんだろう。何食わぬ顔で修整した写真をカオリに見せたに違いない。カオリは、傷付いただろう。きっと彼女だって気にしてるよ。自分の、そばかすのこと。そんなコンプレックスに、土足でずかずかと立ち入られたら、そりゃ、怒る。しかも相手は同じ女だ。察しろよ。

「なんでこんなことしたの」

わたしは怒っていた。自然と強い口調になる。

「だって、なければもっと可愛くなるでしょう」

シズはムキになったように言った。案の定の答えで、溜息が漏れた。

シズの気持ちがわからないといえば、嘘になる。たぶん、シズの気持ちは、わかる。わかってしまう。

わたしだって、カオリのそばかすがなくなれば、もっともっと彼女が可愛くなるってことを、実感している。シズの写真を見て、いつものカオリよりずいぶん可愛く見えたのは、そういう仕掛けだった。

なければいいと思えるもの。それが消えるなら、そうしたい。

わたしだって、自分のニキビを魔法みたいに消してみせたい。それができるなら、そうしている。

　けれど、シズがそうやって被写体に手を加えることができるのは、写真の中の世界だけ。カメラで閉じ込めた世界でしか、魔法は効かない。それはかりそめの手段で、現実じゃない。ううん、たとえ、本当にそれができるからって――。

「だからって、勝手にする？」写真を置いた机を、どんどんと強く叩く。シズは怯《ひる》んだようだった。「カオリ、自分でもきっと気にしてる。それなのに、こんなふうに勝手に自分の顔をいじられたら、そりゃいい気分はしないでしょ？　普通、傷付かない？　わたしなら傷付く。すごく傷付くよ。ああ、そう、わたしのニキビって、やっぱり邪魔？　わ邪魔なんですか？　ない方がいいですよね、そりゃそうですね。わたしだって好きこのんでこんなニキビ顔してるわけじゃないですよ、すみませんね！」

　途中から、カオリの気持ちを代弁しているのか、自分の気持ちを熱く語っているのか、よくわからなくなった。シズが眼を丸くしているのを見て、一度静かに深呼吸をした。

「そんなふうに――、傷付くよ。だって、だって……。どうしようもないくらいに、これがわたしの顔なんだもん。カオリだってそう。あれがカオリなんだよ。このカオリは、偽者だよ。シズがパソコンで手を加えた偽者で、カオリじゃないんだよ。シズはさ、だって、カオリの表情を自然に引き出して、すっごく可愛く撮れるじゃない。どうして、それをそのまま素直に受け取ってあげられないの？ 今までシズが撮ったカオリの写真、このパソコンの中にいっぱいあるでしょ？ それがカオリだよ。本当のカオリ。シズが見ている世界の中にいる、本物のカオリなんだよ」

彼女は俯き、視線を銀色のノートパソコンに落としている。わたしは、彼女の右手がスカートの上でぎゅっと握りしめられ、震えているのを見逃さなかった。

たぶん、シズは気付いているんだと思う。無神経にやったことが、どんな結果を招いたのか、聡明な彼女なら、今頃とっくに気付いているはずだった。

鏡を見つめて、気になったそばかすを、コンシーラでちょっと覆い隠す。そんな感覚だったんだろう。

けれど、自分でするのと、他人にされるのとでは、意味合いが大きく違ってくる。

人付き合いが不器用なシズは、そこに気付かなかった。

そして強がりな彼女は、自分の過ちを認められない。

「だって」と彼女は眼を背けたままぽつりと言う。「試してみたかったの。どんなふうに変わるのか。それで、誰か気付くかなって。そしたら、すごく綺麗にできて」

たぶん、試みとしては成功だと思う。シズの施した細工は、カオリ本人以外は気付かなかった。わたしはまんまと騙《だま》された。それでも――。

「わたし、細工してない写真を見たいな。あの、前ボケが綺麗なやつ。あれ、でかいパネルで文化祭に展示してるところ、見てみたい」

そう。わたしは見てみたい。これからも、シズの写真を。カオリの写っている写真を。なんの細工も施さないで、シズが全力でカメラに収めた写真を。わたしが真似したくなって、そこに追いつきたくなるようなカメラの中の世界を。あなたがレンズを通して、ファインダーで覗き込んだ世界を。なんのフィルタも通さないままで、もっと見てみたい。

だから、二人がこのまま喧嘩してるのは、困る。すごく、困るよ。

「ちゃんと、カオリに謝るの。このまま、カオリが部室に来なくなったら嫌でしょ？シズだって、申し訳ないって思ってるんでしょう？」

シズはしばらく黙ったままだったけれど、やがて小さくこくりと頷いた。

お昼休み。いつものようにお弁当をロッカーから取り出すより早く、カオリが寄ってきて、隣のなっちゃんの席に座った。カオリは携帯電話を開いて見せてくれた。

「ミラ、なんか言ってくれたんだ」

ケータイに表示されているのはシズからのメールだった。『ごめんなさい。また部室ってている。ううーん、本気で謝ってにきてよ』という短い文面のあとに、珍しく絵文字が入っている。ううーん、本気で謝っているつもりなのかどうか……。

「ごめんね、余計なことしちゃったかな」

カオリは少しばつが悪そうに笑って、かぶりを振った。

「ううん、そんなことない。あたしも意地になってたんじゃないかな。まさかさ、同じ女にそういうことをされるとは思わないじゃん？　でも、シズのことだから、わざとやってるのか天然でやってるのか、よくわかんなくって」

カオリは自分の頬を指さして言う。柔らかなほっぺ。癖毛の先端がカールを描いて、その輪郭《りんかく》をなぞっている。その頬にある、かすかなそばかす。

「これね、本当はもっと濃いの」

「え？」

「これでも、かなり頑張ってるんだよ。でも完全には消えないよね、やっぱ。化粧の度にいらいらしてる」

やっぱり、カオリも普段からメイクを頑張っているらしい。完璧に見える彼女にも、彼女なりのコンプレックスがあるんだと思う。まぁ、それでも。それでもさ、羨ましいことに、変わりはないけれど。なかなか、その気持ちは変わってくれない。

「ねぇ」と、わたしは聞いてみた。「どうすれば、カオリみたいに可愛く写真に写るかな？」

カオリは眼を丸くして、それから笑った。なになに、それ、どういう意味、とお腹を抱えて笑う。ちょっとおかしな質問だったかもしれない。わたしが不服そうにしているのに気付いて、彼女はすぐに真面目な表情を取り戻した。こほん、とわざとらしく咳払いをする。今更取り繕《とつくろ》っても遅いよと釘を刺した。

「でも、まぁ」とカオリは言った。「あたしが可愛く写ってるかどうかはともかくとしてさ、やっぱり、自分のこと好きにならなきゃ。そうでなきゃ、カメラを向けられたってうまく笑えないよ。そういうことでしょ？」

「そういうものかなぁ」

正直、ありきたりな答えでがっかりだった。それくらいで可愛くなれたら、誰だって苦労しないよ。ホント。

「あ、日曜さ、撮影会しようよ」カオリが机に身を乗り出し、気まぐれな提案をしてくる。「あのワンピ、着てきて」

「え、冗談でしょ」

「ええー。いいじゃんいいじゃん。見せてよぅ」甘ったるいアルトの声が、耳でとろけそうだった。「あれ、絶対イイってばぁ。写真撮ってあげるから」

「ムリムリムリ」

カオリの提案をはぐらかしているうちに、教室で騒いでいる男子の声が耳に入る。子供みたいに無邪気な声。なぜか鳥越くんたちが教室の後ろで、へたくそなブレイクダンスみたいなことをして遊んでいた。まさか、もうお昼を食べ終えちゃったとか？　三谷《みつや》くんが背中から床に倒れ込んで、その足が鳥越くんの股間に当たった。声をあげてのたうち回る鳥越くん。わたし、爆笑。というか、教室が笑いの渦に包まれる。カオリも指さして笑っている。だって、バカだよ。だいたいこの教室の狭いスペースで頭を床にくっつけて身体を回転させるなんて、アホすぎる。

でも、わたしはそういう、アホみたいなところ、好きだな。

教室の笑いが引いたあとも、わたしたちはしばらく鳥越くんたちを見ていた。なんだかやっぱり子供みたいで、ちょっと微笑ましい。

ふと、わたしたちの隣に立っている影に気付いた。シズだった。彼女は戸嶋先生秘蔵のポラロイドカメラを手にしていた。

「うわ、びっくりした！」幽霊みたいなやつだな、と思う。「なにしてんの」

彼女は違うクラスなので、驚いた。

「いい表情だったので」

シズはすました顔でそう言うと、ポラロイドカメラから出てきた写真を引き抜き、それを机にそっと置いた。真っ白な紙の上、ゆっくりと時間をかけて、その世界が浮かび上がってくる。

「これ、先生のでしょ。勝手に使っていいの？」とカオリ。

「フィルム、もう手に入らないんじゃなかった？」とわたし。

わたしたちの疑問に、シズは首を傾《かし》げて言う。

「使える機会に、使わないと」

やがて、インスタントに現像された写真が、くっきりと見えるようになる。

机の上に置かれたその写真を、わたしとカオリは覗き込んだ。

いい表情だったので。

シズの、そっけない言葉。

写っているのは、わたしとカオリだった。教室の光景を眺めている、カオリの穏やかな表情。その隣にいるわたしは、カオリと同じものを見つめながら、少し眩しそうに眼を細めて微笑んでいる。

シズは、たぶん天才だ。

いつの間に、どこから撮ったんだろう。こんな旧式の、しかも一眼レフでもないインスタントカメラで、こんなにも鮮やかな写真を撮ってしまうなんて。

そこに写っているわたしは、眩しそうに微笑んでいる、わたしの知らないわたしだった。

鏡に映る自分とは、確かに違う。どこが違うのかはわからないけれど、確かに違う。それはほんの僅《わず》かの差なのかもしれないけれど、でも、決定的になにかが違うような気がした。

「ねぇ、お昼まででしょ？　一緒に部室に行こうよ」

カオリの声に、わたしたちは頷く。

そのとき、わたしは初めて、自分の写る写真を、ほんのちょっと、そう、ほんのちょっとばかり、なかなかいいんじゃないの、なんて思ったりしたんだ。

ピンホール・キャッチ

1

平等なんて嘘だよ。誰にでも等しく光が当たるなんて、本当にそんなことを信じていられる大人は平和だと思う。わたしがいた中学校には屋上に天窓があって、四階の廊下やホールを眩しく照らしていた。廊下の壁にも硝子《ガラス》がふんだんに使われていて、建物の広さや開放感を強調している。明るくて、柔らかい。そんな光がいたるところに降り注ぐ近代的な建築物。ねぇ先生、この学校って、どうしてこんなに窓だらけなの。

「誰にでも等しく、光が降り注ぐようにだよ」

中学校の先生の言葉だった。平等の象徴だったその天窓は、わたしが二年生のときに塞《ふさ》がれて、今はたぶん、分厚い鉄の板で覆われている。同じく天窓のあった小学校で、生徒が落ちて死亡する事故があったらしい。

学校って、窓だらけ。この高校の校舎で過ごすようになって半年が経つけれど、やっぱりここは、わたしには眩しすぎる。廊下の北側、延々と並ぶ大きな窓から差し込む光のカーテン。そこをリズムよく駆け抜ける上履きの音と、翻《ひるがえ》るプリーツのスカート。休み時間のその景色は、いつだってわたしの眼を眩《くら》ませる。

昇降口の壁には、一面に敷き詰められたガラスブロックがある。歪曲《わいきょく》した表面に光を受け止めて、必要以上にぎらぎらと輝いているその光景は少しばかり面白く、日比野先輩はその写真を撮るのが好きみたいだった。レンズフレアっていうの、あの、光の珠が写るといいんだけど、無理かなぁと先輩は言った。学校から帰るとき、まだ陽が出ていると、西日を吸い込んで茜色に煌《きら》めくそれをつい眺めてしまうらしい。先輩は氷の壁とそれを呼んでいた。なるほど、喫茶店で頼む高いジュースに入っているような、無駄に大きい氷に少し似ている。あの、真ん中に丸い穴の開いている氷に。それが敷き詰められて壁を成している光景は、確かに氷の壁と呼べるかもしれない。ガラスブロックはわたしの中学校ではいたるところにあった。昇降口以外にも、壁や窓の役割を果たしたものがたくさん。でも、あまり一般的じゃないのかもしれない。わたしは、その名前を父さんから聞いて知っていた。日比野先輩に氷の壁の本当の名前を教えると、ストレート過ぎてつまんなーい、と残念がっていた。

「これって、地震が来たら割れたりしないのかな？」

先輩は下駄箱の並んでいる通路から、光が入り込んでくる氷の壁に丸いレンズを向けて言う。

「そんなにヤワじゃないらしいですよ」

地震なんて、今まで何度もあったじゃん。

でも、粉々に砕けて飛び散ったら、面白い。大地震の跡みたいに、氷の瓦礫《がれき》が積み重ねられる光景。かき氷みたく粉々になって、シロップは茜色の光だから、レモン味がするかもしれない。たくさんの光を反射して、ぎらぎらと眩しく煌めくその景色は、想像すると綺麗だった。光は、嫌い。でも、綺麗。それと同じくらい、無邪気にカメラを覗いている日比野先輩は、わたしには眩しすぎる。黒いレンズ周りに触れた指先の爪の色とか。ファインダーを覗いていない方の、瞼をきゅって閉ざして、下を向く睫毛の長さとか。

いつも、写真を撮ると、日比野先輩はすぐにこっちを見る。それで、えへへっ、って感じに、照れくさそうに笑うんだ。逆光気味の彼女。光を後ろからたくさん浴びて、輝いている。綺麗だと思うけれど、それ以上に、なんだか、そう、すごく眩しい。生きているって感じがする。楽しんでるって感じがする。こういうの、なんて言うんだろう？　充実、してる？　よくわからないけれど、わたしには不足しているなにか。光をいっぱいに浴びて、先輩は笑っている。

学校は、明るいところですよ。眩しいところですよ。みんなに、平等に光が降り注ぐんですよ。その、熱烈なアピール。

ぎらぎら。ぎらぎら。

眩しい、と思った。

地震が来て、すべて粉々に砕けてしまえ。

2

部室に戻ると、珍しくミラ子先輩の姿しかなかった。先輩はパソコンに向かって少し猫背気味になっている。肩に手を置いてぐるりと腕を回すその様子は、テレビドラマに出てくるOLの姿みたいだった。その背中にレンズを向けたかったけれど、ミラ子先輩はわたしに写真を撮られるのが好きじゃないみたいだったから、ぐっと堪《こら》えた。

「あれ、秋穂、どこ行ってたの」

扉を閉めたとき、やっと先輩が振り向いた。ミラ子先輩は眠たげな猫みたいに眼を細めている。

「撮影です。日比野先輩に付き合って」

「ふぅん、カオリは？」

「帰っちゃいましたよ」

「そっか」と先輩は眉を寄せた。「文化祭の手伝いに来てなかったから、バイトかと思ってた。部室に来たくないのかなぁ」

「え、なんでですか？」

「さぁ」

難しそうな顔をして、先輩はパソコンに視線を戻す。わたしはストラップから頭を抜いて、銀塩を長テーブルに置いた。一年生は銀塩カメラの使い方を教わるから、カメラを持っていない子は銀塩カメラを貸して貰える。けれど、このカメラは備品ではなかった。

「先輩、なにしてるんですか」

「うーん、写真、印刷しようと思って。ほら、展示する作品決めないといけないでしょう？　部長に急かされててさ。とりあえず、プリントしたやつを並べてみようかなって」

そっか、もうすぐ文化祭だ。先輩はデジイチで撮ったやつを展示するのか。一年生はなるべく銀塩で撮った写真を展示するように言われているから、わたしはネガとにらめっこだ。さっき撮った写真の中にも、使ってみたいものが幾つか出てきそうだったから、これから現像しなくちゃいけない。

部室の片隅には、印刷会社に就職したOBが寄贈してくれたという、大型のプリンタがある。古い型で時間はかかるけれど、写真屋さんにプリントを頼むお金も馬鹿にならないから、部員のほとんどはもっぱらこのプリンタを使う。ミラ子先輩は画面とにらめっこをしていた。プリンタが動く気配はまったくない。ねぇ秋穂ぉ、と先輩が甘えた声を出す。これって、どうなってるんだっけ。写真出てこないんだよ。ほら、ウチのだと、ソフトが勝手にやってくれるんだけどさ。SDカードの中身って、どうやって見るの？

部室にあるパソコンはポンコツで、一ヶ月前に壊れてしまったばかりだった。部長がなんとか直したみたいだけれど、入っていたデータやソフトはパーになってしまったらしい。だから、今は必要最低限のソフトしか入っていない。今までと勝手が違うから、わたしもこの前弄ったとき、だいぶ手間取った。

「たぶんエクスプローラってやつですよ。カード差したら出てきませんでした？」

ミラ子先輩の背中越しに、画面を見つめる。それから、二人して五分くらい悪戦苦闘して、ようやくSDカードの中身にたどり着いた。フォルダを開けて、並んでいる写真ファイルを見つける。

「それで、このソフトで、印刷したいファイルを選んで、終わったら印刷押せば、たぶん大丈夫です」

「なるほど、秋穂ってば現代っ子だね」

そう言われたわたしは、先輩がパソコンを操作している間、現像タンクにフィルムを入れるアナログな作業を開始した。引っ張り出したダークバッグに道具を入れて腕を突っ込むと、去年遊びに行った温泉のサウナを思い出す。熱い上に狭苦しいこの中でもぞもぞとやる作業は、いつになっても慣れそうになかった。今日も、フィルムの先端がリールにうまく入らない。集中すると額に汗が浮かぶ。両腕は早くもむれ始め、制服の肩で、えいやと額を拭った。暗室でやればよかったかもしれない。でも、部室に誰もいないってことは、誰かが暗室を使っているってことだろう。リールに巻き付けていくと、ミラ子先輩が、あれぇ、と声を上げた。

「ねぇ、秋穂。これなんだろ?」

「え、なんですか?」

長テーブルの上で作業をしていたので、先輩の背中しか見えなかった。

「なんか変なのがある」

「えっと、ちょっと待ってください」

このまま作業を中断するわけにもいかないし、バッグから腕を抜くわけにもいかない。フィルムを巻き終えたリールをタンクに押し込んで、蓋をする。案の定、抜いた腕は汗ばんでいた。そりゃむれるよなぁ。手袋をむしり取り、ぱたぱたと手を振って、ポケットからハンカチを引っこ抜く。

「なんですか?」

これこれ。なにこれ、と先輩が指し示す画面を見ると、SDカードの中身が一覧表示されているところだった。

「先輩の写真でしょう?」

「ううん、こんなの撮った憶えないよ」そう言って、ダブルクリックでミラ子先輩が写真ファイルを開いた。

表示されたのは変な写真だった。ねぇ、なにこれ、と気味悪そうに先輩が言う。さぁ、としか答えられなかった。わたしは暫く、心霊写真でも見るみたいに、息を呑んでその画面を眺めていた。

壁だ。

たぶん、壁。

クリーム色の配色の、コンクリート壁。それが、フレームいっぱいに写し出されている。

「壁、ですね」

「壁だね」

「なんでしょう。いつの間にか、撮っちゃったとか？」

「でもこれ、ピント合ってるんだ。それに、こういうのがいっぱいあって」

ミラ子先輩はソフトを弄って次の写真を表示させた。

また、壁だ。さっきとは違うアングル。でも同じ色のクリーム色の壁が、画面いっぱいに表示されている。

「こんなの撮った憶えないんだけどなぁ。それにさ、これ、わたしが撮った写真とフォルダ？　それが違う」

「え？」

フォルダを見ると、worksと名前が付けられている。もしかしたら、誰かがこのSDカードを使って、別のデジカメで撮ったものかもしれない。

「カメラでチェックしたときも、写ってなかったもん、これ」

「誰かにSDカードとか貸しましたか？」

「ううん、わたし、貸そうにもカードこれしか持ってないし」

カードリーダーに差し込まれた青いSDカード。先輩はそれを指し示す。わたしのと同じメーカーのカードだった。安いので、部員のほとんどはこのメーカーのカードを使っているらしい。4ギガという文字は不思議な響きがして好きだった。ギガってなんだか強そう。鳥獣戯画《ちょうじゅうぎが》のことを初めて耳にしたときは、超獣ギガって怪獣を想像しちゃったくらい。

でも、ミラ子先輩に気付かれず、こっそり先輩のカメラからSDカードを抜き出し、別のカメラで撮影した……。なんてことが、ありえるだろうか？

「worksって、作品ってこと？」

「そうは見えないですけど……」

壁写真集。ミラ子先輩はマウスを動かして、次の写真を表示させる。また壁だ。ちょっとアングルも色合いも違うけれど。

「これさ……」と先輩は言った。「どっかで見たことない？　この壁」

「あ」そうか、と遅れて気付いた。「もしかしてこの学校？」

「そうかも」

続けて、次の写真が表示される。

少し引いたショットで、廊下から階段近くの壁を撮ったものだとわかった。たぶん、旧校舎の西側の階段。ただ、ちょっとへんなものが写り込んでいる。

「なにこれ」と、ミラ子先輩。

3だ。

3と書かれた札が、壁下にぽつんと置かれている。テレビのサスペンスドラマでよく見かける、あの死体発見現場に置くような番号札だった。

「なんでしょうか、これ」

「こういうの、あるよね。『相棒』とかで、遺留品の近くにおいてあるじゃん」

ミラ子先輩も同じことを考えていたようだった。

3と書かれた番号札は、数字がきちんと印刷されたもののようだ。手書きではない。

次の写真を見ていく。どんどん、次の写真へ。また壁。壁。壁。それから、今度は4と書かれた番号札。暫くすると、校舎の外側の壁の写真も出てきた。

「なにこれ、ウチに、こんな壁マニアの子っていたっけ」

「いないと思いますけど……」

先輩が表示させていく、たくさんの壁。どれも、たぶん学校の壁だ。廊下の壁もあれば、校舎の外から見上げる外壁もある。番号札が写されている写真が合間に覗いて、次の写真からは、その壁のアップになる。その繰り返し。

「なんか、暗いね」

静かに響く、マウスのクリック音。ミラ子先輩が、不思議そうに呟く。暗い。そう、暗い。少しアンダー気味だった。クリーム色の壁は、優しい色をしているはずなのに、どこか冷たく寂《さび》れている。触れるとひんやりとした感触がしそうだった。土《つち》埃《ぼこり》と雑巾とワックス。教室の匂いを感じる。露出のせいなのだろうか、日中の学校の明るさからは考えられないくらいに、どんよりとしていた。

写真を見ると、壁の真ん中に小さな亀裂が入っている。漫画で描かれる雷みたいに、ジグザグに入った小さな亀裂。その微《かす》かな隙間から、壁の向こうが覗けるような気がした。吸い込まれそうな、暗さ。心に入った罅《ひび》みたい。その罅の向こうを覗き見るように、いつの間にか、わたしはディスプレイに顔を寄せていた。

窓だらけの明るい世界で、こんなにたくさんの壁を見繕って写すなんて、なんだか面白い。

誰が撮ったのかはわからなかったけれど、なるほど、これは確かに、一つの作品集なのかもしれなかった。

3

暗いところは落ち着く。初めて入った暗室は、わたしの心をときめかした。狭くて、不自由で、明かり一つ入らないその場所は、眠りのために入るベッドの中のよう。そこでなら、どんな夢も見ることができる。安全光のオレンジに近い赤は、不思議と気分を高揚させた。閉ざされた密室でその光を浴びると、普段はうまく廻らない口が、よく動いてくれる。先輩とも、同級生の子とも、そこでなら、なんとか喋れるような気がする。逆に言うと、そこにいないときのわたしは、眩しい光に怯《おび》えて、場違いな世界に狼狽《ろうばい》しながら過ごしているだけ。

わたしは、たぶんそういう人間なんだ。べつに光が欲しいとは思わない。たとえば、日比野先輩の笑顔は眩しいけれど、それを羨ましいとは感じない。憧れも感じない。ただ、自分は違う人種なんだなって、そう思う。人間は、きっと肌の色のほか、眼に見えないところで、人種を分類できる。人種が違うと、言葉は通じない。

目の前で交わされる彼女たちの言葉は、別の世界の文化で織りなされていた。

リサの喋る言葉は、速すぎてうまく聞き取れない英語に似ている。志保《しほ》ちゃんは質問をするのが上手で、リサの話をうまく引き出せる。あ、そうか、そういうふうに、疑問に思ったことを素直に聞いたら、話って転がるんだ。なんて、当たり前のことを志保ちゃんから学ぶことも多い。でも、わたしがそれを真似ると、彼女たちに笑われるような気がした。なに、秋穂って、そんなことも知らないの。そう言われてしまうような予感。怖くて聞けないこと、たくさんある。ねぇ、セシルってなに？　ダズリンって、なに？　わからないってこと、正直に言ったら、馬鹿にされるかな？

わたしは、彼女たちをすぐ近くで観察している。リサはときおりわたしのことを見て反応を窺《うかが》った。そんなふうに見つめられると、なにか面白いことを言わなきゃと頭と身体が焦る。すっごーい、でも、へぇー、でも、うっそー、でも、なんでもいいから、反応しなきゃって。でも、そこで、へー、とか、うっそー、とか、言うべき？　タイミング、間違ってない？　空気読めないとか、思われない？　いったん失敗したときのことを考えるともうだめだった。なにも言えなくなってしまう。言葉が思いつかないときは、黙って頷いて、それからペットボトルのお茶を口にする。そう、これでいい。中学生のときから、こんなふうにやり過ごす技を身に付けていた。お茶を口にしていれば、喋らなくても不自然じゃない。話を振られたり、反応を求められたりしても、たまたまそのときにお箸を口に運んでいれば、なにも答えずにすむ。黙って頷いていればいい。

だって、ご飯を口に入れてたら、水を含んでいたら、喋れないじゃん？　黙って頷いて、それで、笑顔を浮かべていれば、喋らなくてすむ。えへへって、笑っていればいい。えへへへって。

でも、いつかお弁当は食べ終えてしまう。お茶ももう少しで尽きてしまう。

話題の種みたい。

ご飯も尽きて。ソーセージも尽きて。レタスも尽きて。

お茶も尽きる。

わたしはなにも喋れなくなる。面白いこと、言えなくなる。えへへへって、笑えなくなる。すっごーい、って言えなくなる。だって、わたしには、なにがすごいのかなんて、てんでわからないから。

そのうち、リサと志保ちゃんは、わたしの存在に気付かなくなる。喋らないわたしを意識の外に追いやって、どんどん二人の世界に入っていく。

光が平等にわたしたちを照らしているなんて、嘘だ。そんなの、小学校のときから知っている。

リサと志保ちゃんは、放課後に買い物に行く打ち合わせを始めていた。わたしの知らないブランドの名前を挙げて、あそこのお店に行ってみよう、なんて話している。

リサは笑って、髪をかき上げる。それから、わたしを見た。「秋穂も行く？」リサの耳にはピアスの穴が開いている。左手の指輪は、夏に彼氏と一緒に買ったというもので、先生に注意されない限りリサはその指輪を外さない。夏休み前まで、リサは別の指輪をしていたけれど。

「リサち。秋穂は部活だよ」

志保ちゃんは言う。それに秋穂はウチらとは違うじゃん。ああいう服、着る感じじゃないしさ。だよね、っていう、志保ちゃんの瞳。

今日は、ない。

今日は、部活ないよ。

そう言うだけでよかったはずなのに、頭に浮かんだ言葉はすぐにかき消えてしまった。

話したくない訳じゃないんだ。

ただ、どうしたらいいのかわからなくて。

だから、わかって。

わかって欲しい。

そうだよ。わたしは、リサたちみたいな服を着たことはないけれど。でも、少しは興味あるし。それに、なにより、一緒に行きたい。一緒に行きたいじゃん。

けれど、言えない。どうしてなのかはわからない。もしかしたら、嫌な顔をされるのが怖いのかもしれなかった。ついてくるなって言われているような気がしていた。それくらいに、わたしたちは違うから。そう、わたしたちって、違う人間なんだ。でも、なにが違うんだろう。着ている服が違うから？　おしゃべりの話題が違うから？　そんな単純なことじゃない気がした。眼に見えないからこそ、わからない。教えて欲しい。わたしたちの違いって、なに？

「秋穂はなにが似合うかなぁ」リサが言う。濃いマスカラの睫毛の下で、くりっとした瞳がわたしを覗き込む。「意外と姫系が似合うかも」

「え、フリルとか？」

「リズリサあたりとか、どうよ？」

「あ、マジやばい、それいいじゃーん」

言葉の一パーセントも理解できなかった。想像はできるけれど、リサや志保ちゃんの選んでくれる服が、わたしにぴったり合うとは思えない。

でも、わたしに似合う服って、なんだろう。わたしは、いったいどんな人間なんだろう？

押し付けないで。勝手な言い分かもしれないけれど。わたしという人間が、どんなかたちをしているのか。その内面に、どんなものがあるのか。あなたたちのイメージを、押し付けないで。

だって、わたしにも、わたしのことがわからないんだから。

4

まだ夏が終わらない。喉の渇《かわ》きを覚えて台所へ降りる度に、そう感じる。自分の部屋に冷蔵庫があるといいのに。深夜の零時を過ぎてひっそりと静まりかえったキッチンに、明かりを点ける。麦茶にするか、ポカリにするかで少し悩んだ。喉の渇きはスポーツドリンクを欲しているけれど、ポカリって甘すぎる。太りそう。もっと味が薄くてもいいのに。ポカリの甘さは、リサと志保ちゃんの優しさに似ている。

玄関の方から物音がした。冷蔵庫のドアを開けたまま、手の動きが止まる。乱雑に鍵を突っ込む金属のきしみ。選んだポカリをコップに注ぐと、扉が開いて、父さんがキッチンを覗いた。

「なんだ、秋穂か。さっさと寝ないと寝坊するぞ」

「喉が渇いて起きただけだから」

「そうか」

父さんの返事は煙草の匂いがした。

居間へ向かいながらスーツを脱ぐ。わたしはペットボトルのキャップを閉めて、それを冷蔵庫に運ぶ。言わないで。お願いだから、なにも言わないで。言葉の気配がした。父さんが口を開く前には、不思議とそういう気配を感じ取れた。その気配はいつもわたしを苛立《いらだ》たせる。言わないで。そう強く念じて、冷蔵庫の扉を閉める。父さんがなにかを言う前に早く階段を上ろうと思った。遅かった。

「秋穂、最近、学校はどうだ？」

「べつに。普通」

「友達、できたか？」

自分の部屋に冷蔵庫が欲しいと思った。冷たい空気を閉じ込める箱が欲しい。暴れる言葉も、溢れ出す感情も、なにもかも閉じ込めて、ぎゅっと冷やしてくれる箱が欲しい。その蓋を開ければ、ひんやりとした冷気が熱を帯びた頬を冷ましてくれる気がした。

「友達はいいぞ。高校の友達は一生モンだからな。秋穂は優しい子なんだから、もっと愛想よく笑ってれば、きっといい友達ができる」

粘つく言葉を振り切って、階段を上る。

わたしのことを、名前しか知らないひと。友達を作れない暗い子で、ごめんなさいね。

でも、仕方ないじゃない。

だって、わたしは日陰者。どこにいたって目立たない。光の当たらない世界に住んでいるのだから。


「ごめん。今日は部活があるんだ」

本当は、そんな約束なんてなかった。ただ、賑やかに机を囲っているリサたちに近付くまでに、そこへ混ざり込もうという気が失せてしまった。本当は、無理してまでそこにいる必要なんてないのかもしれない。けれど教室には他に居場所がなかった。地味で面白い話もできないわたしを、リサは入学式の日に拾ってくれた。出席番号が近かったからっていう、ありふれた理由で。互いの趣味や性格がまるっきり違うことなんて、外見で判別ができそうなのに。でも、リサはわたしを拾ってくれて、それ以来、わたしは窮屈な日常と戦いながら生きている。

途中で眼が合った志保ちゃんに、部活があるからと告げて廊下を出た。今朝は母さんが寝坊したので、お弁当はなし。代わりに、学校の近くにあるコンビニでお弁当を買っておいた。そのビニル袋をひっさげて、部室へ向かう。他に行く当てはなかった。授業が早く終わったおかげで、廊下は静か。左手に並ぶ大きな窓から、眩しい光がいっぱいに入り込んで廊下を隅々まで照らしていた。舞い上がった埃が粒子みたいに光を帯びて煌めいている。

部室を覗くと、やっぱりシズ先輩しかいなかった。写真部の中で、ここでお昼を食べる部員は限られている。必ずと言っていいほどここにいるのはシズ先輩だけだ。先輩はノートパソコンを広げてサンドイッチを食べていた。この人は学校にノートパソコンを持ってきていて、部室にいるときはずっとそれでインターネットをしている。他の人と雑談をしているところは、あまり見たことがない。

先輩は静かだ。ほとんど無口で、あまり自分から喋ろうとしない。わたしと違うのは、物静かなのに、なんだか堂々としているというか、他人を恐れる気配がまったくないところだと思う。いつだって胸を張って生きているような感じ。人と喋れなくてなにがいけないの？　シズ先輩なら、そんな台詞《せりふ》を言ってくれそうな気がした。他の一年生は先輩のことを怖がって、あまり関わろうとしないみたいだけれど、わたしは先輩といるとなぜか心地いい。先輩は喋らないし、わたしの存在なんてまるきり無視してインターネットをしているけれど、わたしはその沈黙の時間が、どうしてか苦にならない。そう、話題を探そうと必死になって頭を使わなくてもいい。話題なんてないのが当たり前。それぞれ、自分の好きなことを、好きなようにしていればいいじゃない？　想像の中で、シズ先輩がそう言ってくれる。

先輩は、部室に入ったわたしをちらりと見ただけで、黙々とパソコンの画面を見つめていた。ときおり、サンドイッチを口元に運んでいる。みんなが腰掛ける長テーブルより離れた、部室のいちばん奥。テーブルとプリンタとで混沌《こんとん》とした狭いスペースを乗り越えた向こう。先輩はいつもあの場所に腰掛けている。デスクの上には、シズ先輩の一眼レフが載っていた。いつも付けてくれているそのストラップを見ると、少し不思議な気分になる。先輩の誕生日にプレゼントしたストラップ。やっぱり、先輩はみんなが思っているほど無愛想でもなければ、怖くもないと思うのに。

わたしは長テーブルにお弁当を広げた。雑誌でも読みながら食べようかなと思って、すぐ後ろにある本棚から雑誌を見繕う。棚には、堀沢部長が揃えてくれる写真誌がたくさん押し込められていた。一冊抜き出すと、狭い棚に収まっていた別の雑誌もつられたように抜けて、床に落ちる。取り出した写真誌をテーブルに置いて、落ちた雑誌を拾い上げた。

なんでこんなのが一緒に入っていたんだろう。セブンティーン。たぶん、日比野先輩のだ。ときおり、ミラ子先輩や他の部員と一緒にファッション誌を読んで部活をサボっているることがある。雑誌を忘れていくことも多いから、誰かがここに押し込んでそのまだったんだろう。

こういう雑誌って、買ったことがない。リサや日比野先輩が読んでいるところを覗くことはあるけれど、じっくり眺めたことは一度もなかった。わたしなんかが見てもいいのかな、なんて、雑誌に対して気後れしてしまう。

手にして、適当にページを送る。可愛い夏服を着たモデルの女の子たち。わたしの知らないブランドの服で着飾って、可愛らしい表情で写っている。あ、この花柄のワンピ、可愛いかも。眼を細め、細かい文字で書かれているブランド名を見る。こういう重要な情報こそ、もっと文字を大きくするべきだと思うのに。

「秋穂もそういうの読むんだ」

声をかけられた。驚いて痙攣《けいれん》したみたいに腕が跳ねる。振り返るとすぐ近くにシズ先輩が立っていた。まったく気配がなかった。幽霊みたいで超ビビった。

「いえ、その」

たまたま、手にしたんだけれど。

言い訳を考えていた。でも、べつに言い訳するようなことをしたわけじゃない。

「わたしに似合う服って、なにかなって、思って」

救いを求めるように、言葉を発した。こういうの、日比野先輩に言うべきだったかもしれない。けれど、いま、このタイミングで聞かれなければ、絶対に言えない言葉だと思った。

「秋穂に似合う服か。そうだね」

シズ先輩は、すっと手を伸ばしてわたしの手から雑誌を取り上げる。ぺらぺらとページを捲り、顔を上げた。切れ長の黒い瞳が、じっとわたしを見つめる。シズ先輩に見つめられると、なぜか胸がどきどきする。なんだか、観察、されているみたいで。そう、彼女の瞳は、カメラのレンズみたい。どこか無機質で透明な球面は、複雑な構造の奥が見えるようで、届かない。彼女のレンズが、ズームして、わたしを観察している。じっくりと時間をかけて。

「こういう雑誌に載ってるコーディネートって、基本的に少し派手なんだよな。秋穂はギャル系って感じじゃないし」

こういうのはどう？　とシズ先輩が雑誌を示す。ピンクの花柄のワンピースに白いカーディガンを羽織った女の子の写真。髪型は少し短くてボーイッシュな子だった。

ひょっとして、シズ先輩に聞いたのは正解だったのかもしれない。先輩は女の子の写真を撮るのが好きなのだ。日比野先輩に好みの服を着せて写真を撮ることもある。ファッションにも、詳しいのかもしれなかった。

「こういうの、どこに売ってますか」

聞くと、シズ先輩は眼を細めて雑誌を覗き込む。「これは……ロズファンか。１０９だね。でも、ショップに行っても、あまり秋穂に似合う服は置いてないと思う。ここも派手なんだよな」

「渋谷ですか」

ちょっと、遠い。わざわざそこまで行って服を買う気はしなかった。

「近場ならルミネに行ったら？　秋穂は、そうだね。ローリーズファームか、アースかな。あそこはカオリもよく行くから、連れて行って貰うといいよ」

「わたしらしい服って、なんでしょうか」

先輩のコーディネートは、たぶん、正確なんだと思う。わけもわからず、そう確信してしまった。リサや志保ちゃんたちとは違って、その硬質なレンズの観察結果は信用できた。なんでだろう。きちんと、考えてくれたような気がするから？

わたしに似合う服。わたしらしい服。

わたしらしい、って、なんだろう？

わたしって、なんだろう？

シズ先輩はテーブルに雑誌を置いた。わたしはその雑誌を見下ろす。見開きの特集ページ。たくさんのモデルの女の子。アヒル口の可愛らしい笑顔。たくさんの光を浴びて、カメラの前でポーズをとっている女の子たち。

この雑誌を、どんなにたくさん捲っても、隅から隅まで眼をこらしても、わたしに似合う服なんてどこにもない気がした。

わたしの放つ光は弱すぎて、誰にも届かない。自分自身にさえ、届かない。だから、わたしはわたしがわからない。

「服を選ぶのって、自分を作っていくのに似てる」先輩は言った。彼女はわたしと同じようにテーブルの上の写真を見下ろしていた。「どんな服が自分に合うのか考えるのって、自分がどんな人間なのか考えるのと同じだよ。赤い服が好きだから赤を選んだりして、赤が好きな自分を再確認する。そのうち、本当は赤なんてそこまで好きじゃなかったのに、それなしではコーディネートできなくなるくらい、好きになる。そうやって自分を作る作業に、似てるよね。言い換えれば、どんな自分になるのも、自由ってこと。秋穂はなんにでもなれるんだよ」

自分を、作っていく。

どういう意味だろう。

先輩はもうこの話題に飽きたのかもしれない。自分のパソコンの前に戻ってしまった。

わたしはしばらく、雑誌を見下ろす。

でも、やっぱり、この眩しい世界は、わたしの住んでいる世界とは違う気がする。眩しさを閉じ込めるみたいに、雑誌を閉ざす。本棚にしまって、目当てだったキャパを見下ろした。PLフィルタ特集、と書かれている。PLフィルタって、なんだろう。読んでみて、興味が湧いたら、シズ先輩に聞いてみよう。きっと先輩なら、本に書いてあることより、たくさんのことを教えてくれるはず。

そういえば、と思った。

先輩が、写真以外のことを話してくれたのは、初めてかもしれない。

5

ボウリングって、テストの点数を発表していく罰ゲームみたい。

点を取れる子は得意がってその場で輝くけれど、点の取れない子は居心地の悪さしか感じられない。体育の授業もそれと同じ。

デキる子はいいよね。面白いんでしょ。でも、デキない子は、退屈だよ。それ以上に、屈辱だよ。自分の出来がいかに悪いか、自分の点数がいかに悪いか、それを発表し続けなくちゃいけないなんて。

苦手なカラオケでさえ、まだマシだと思った。だって、どんなにへたくそな歌を歌っても、90点以上取れることあるもん。ボウリングの採点も、あれくらい手抜きをしてくれたらいいのに。

みんなが70点を超えている中で、わたしだけがダントツで21点の最下位だった。ガーター。ガーター。ガーターの連続。ボウリングって、本当に嫌だな。まっすぐに投げたつもりのボールが、どうしてかへそを曲げて、途中からレーンの端に吸い込まれていく。ピンを一つも倒せなかった結果を見届けたあと、どんな顔をして後ろを振り向いたらいいのかわからない。スペアを出した子みたいにわかりやすくガッツポーズができればいいのに。堂々として、胸を張って振り返ればいい？　でも、それはなんか違うでしょ？　だって、連続でガーターだよ。見上げたら、液晶画面にGばっか書いてあるんだよ。自然と肩は落ち込むし、猫背気味になって、乾いた笑顔を浮かべて、嫌でも振り返らなきゃならない。リサたちは、頑張れ秋穂ー！　なんて声を上げてくれるけれど、やがて励ます語彙《ごい》も尽きてしまったのか、みんなして、ううーん、どうしたものか、なんて顔をしている。

リサが投げる。ピンが三つ残って倒れる。二回目、スペア。リサは笑顔で振り向いた。志保ちゃんと岡本《おかもと》さんがきゃーきゃー言って拍手をする。はしゃいだ声を上げて、戻ってきたリサとハイタッチ。わたしも、力なく彼女の両手に触れる。

ぱん、と強く叩かれると、感じる。

彼女たちの力強さ。活き活きとしたエネルギー。この時間を過ごすことへの喜びに満ち溢れた笑顔。

眩しい。とても、眩しい。

わたしは、できない。

きっと、たとえまぐれでストライクしたとしても、わたしはあんなふうに笑顔を浮かべて、みんなとハイタッチすることはできない。どうしてだろう。わからない。恥ずかしいのだろうか。わからない。なんだか、それは自分じゃないような気がして。だから、できない。

惨《みじ》めなだけだ。

彼女たちの傍らにいると、惨めな気持ちを抱いてしまって、そんな自分が卑《いや》しくて、嫌で嫌で仕方ない。たまらなく醜く感じる。

わたしって、なんだろう。

みんなとはしゃいでハイタッチする自分は、わたしじゃない。

それじゃ、わたしって、なんだろう。どこにいるんだろう。

カメラを向けて、シャッターを切っても、そこにわたしは写らない。

ねぇ。誰か教えてよ。

わたしって、なに？


機嫌が悪かった。

ボウリングのせいなのかもしれなかったし、普段は帰りの遅い父親が居間で寛《くつろ》いでいたからかもしれない。

「遅かったなぁ、秋穂」

父さんの言葉を無視して、冷蔵庫から冷たいお茶を出す。すぐに二階に上がるつもりだった。遅かったなって、言える台詞か？　いったいどんな仕事をしてるのか知らないけれど、毎日毎日夜遅く帰ってくるのは誰なの？

「どうしたんだ。そんな暗い顔して」

べつに。

わたしって、そんなに暗い顔してる？

父さんは、陽気だ。基本的に、わたしとは作りが違う。体育会系の人間で、爽やかに笑顔を浮かべて親戚付き合いをして、大きな声で笑い、歌って、人生を謳歌《おうか》している。

「そう怖い顔するなよ。人生、笑顔が大事だぞ、笑う門には福来たるってな。ほら、面白い番組やってるぞ。やっぱりお笑いは漫才が一番だな」

テレビからは、たくさんの笑い声が聞こえてくる。馬鹿みたいな笑い声。ハイテンションで、きゃーきゃー騒いで。友達と、ハイタッチして。

それが、わたしにはできない。わたしにはできないんだよ。

だって、わたし、そういう人間じゃないもの。

廊下に出る。思い切り扉を閉めた。

機嫌が悪いってことが、少しは伝わればいい。

そして、わたしがそういう人間じゃないんだってこと、伝わればいい。

写真が撮りたい。

写真が撮りたかった。

写真は好き。喋らなくても伝わる。難しいことを考えなくても、必死に話題を探さなくてもいい。

ただ、好きなものを、好きと感じた瞬間にシャッターを切ればいい。

過ごしている時間、見ている景色、話す人たち、それらが、わたしにどんなふうに写っているのか、ありのままに表現できるから。

リサはわたしが退屈そうにしていたのを感じ取ったかもしれない。どうして一緒に楽しく遊べないんだろう。本当は嬉しかったのに。一緒に行こうって誘ってくれたときは、あんなに嬉しかったのに。どうしてこんなに息苦しいんだろう。

つまらないやつだなって。面倒くさいやつだなって。そう思われてしまったかもしれない。

写真が撮りたい。カメラを構えたかった。

電話が鳴る。

ミラ子先輩だった。

「あ、秋穂。あのさ、今度の日曜日って暇?」

先輩の声は忙《せわ》しない。ミラ子先輩が電話で話すときは、いつも一方通行でマシンガンみたい。

「暇、ですけど」

「あ、じゃ、もしよかったら写真撮らない？　急で悪いんだけど、カオリが撮影会したいって言い出して。突然だから集まりよくなくって、今のところ、あとはシズが来るくらい。もしかしたら部長も来られるかもって」

撮影会？　写真部では月に何度か撮影会をしているけれど、今度の日曜にそんな予定はなかった。日比野先輩はここのところ部活に顔を出していなかったので、本当に急な話。部屋に掛かっているカレンダーのマスを眺める。ほとんどまっさらで、あまり予定の書き込まれていないカレンダーのマス。空っぽでまっさらな心みたい。そこが文字でいっぱいになれば、充実感を得られるのだろうか。

「大丈夫です、行きます」

「おー、よかった。あ、そうそう、シズがね、今度、秋穂にRAW現像のやり方、教えてくれるって。だから、RAWで撮るつもりで来いってさ。SDカードの容量、ちゃんと確保してくるようにとかなんとか言ってたよ」

「えっと……。わたしのSDカード、4ギガしかないんだけど、大丈夫でしょうか」

RAW形式で写真のデータを保存すると、普通よりだいぶ容量を食うはずだった。写真誌で読んだ知識だったので詳しいことは知らないけれど、出かける前に、カードの中身を空っぽにしておいた方がよさそうだ。

「わかんない。わたしRAWとかやんないし。あ、でもさ、秋穂、もう一枚カード持ってるでしょ。同じ4ギガの、この前貸してくれたじゃん。あわせて8ギガもあれば大丈夫なんじゃない？」

ＲＡＷで撮ると、何枚まで撮れるんだろう。携帯電話を耳に当てたまま、説明書を探して視線を彷徨《さまよ》わせる。ミラ子先輩が言った。

「それと、部長が言ってたけど、秋穂、そろそろ展示する写真決めないとだめだよ。ちゃんと、自分らしい写真選んでね」

ミラ子先輩の言葉は、電話が切れたあとも、しばらく胸に残っていた。携帯電話を握る手に力を込めたまま、机の上の一眼レフを見つめる。まただ、と思った。自分らしい、わたしらしい、それってなに？

どんな写真を撮れば、伝わるだろう。わたしという、地味で、目立たなくて、うまく笑えなくて、人と喋るのが苦手で、そんな退屈な人間を、どうすれば写真に収めることができるだろう。

それを収めた写真があればいいのに。

お父さん、わたしって、こういう人間なんだよ。

その写真を突き出して、伝えたかった。

6

陽の当たらない黒い地面を歩いて、旧校舎の壁を見上げる。ローファーに、踏まれ慣れた様子のない脆《もろ》い土の感触が返る。クリーム色の汚れたコンクリート。あの、壁写真集の中で見つけた一枚の、心当たりある場所だった。壁に走るごくごく小さな罅は、確かに、あの写真に捉えられたものと同じ。こんなの、よく見つけたな。稲妻のように走るそれは、日々の重みに耐えきれず、心を圧迫してできた傷のようだった。徐々にわたしたちを傷付けて、真綿で首を締めるように優しく苦しめる日常の痕。たぶん、これと似た傷が、わたしの心にも走っている。

この写真を撮った子は、誰だったんだろう。部活のある度、部内で聞き回ったけれど、結局、誰もそんな写真に見覚えはないという。

こういう写真、好きだな。光の当たらない暗い壁の前に立つと、なんだか落ち着く。自分が、自分らしい場所にいるような気がして。

学校にも、光の当たらない場所があるんだ。

まるで、わたしみたい。

腕を伸ばす。小さな小さな、壁の亀裂。心に入った傷をなぞるみたいに、そっと指を這わせる。

光が平等に降り注ぐなんて、大きな嘘で。

それでも、わたしも光を浴びることを望んでいる。強い強いスポットライトを、わたしだって浴びてみたい。そういう人間に生まれてきたのなら、笑顔で愛想良く笑って、優しく振る舞って、誰からも好かれるように生きていたい。

でも、それは無理だよ。だって、わたしは、光の当たらないところに生まれてきてしまったから。

「秋穂」

呼ばれた。

わたしの名前。

振り返ると、シズ先輩がいた。外なのに、先輩は珍しくカメラを提げていない。その代わりに、なぜか段ボール箱を抱えていた。なにか荷物を運んでいるところなのだろうか。

「壁とにらめっこ?」

先輩はそれを抱えたまま真顔で聞いた。

わたしは頷く。

「ふぅん……」彼女は壁を見上げながら近付いてきた。先輩がいる方向は西日があって眩しい。「クラックが入っているね。ひょっとして、ミラ子が言っていた壁写真のやつ？」

「はい」

「なにしてんの？」

「わからない」

わたしにも、わたしがわからない。

俯いた。情けなくて。馬鹿みたいで。醜くて。

「つらいの？」

その言葉はとても意外で、そしてとても突拍子もなく、心を震わせる。項垂《うなだ》れ、紅潮する頬を隠すように壁に身体を向けた。

「わからない」言葉を吐き出す度、唇が微かに震える。「わたしにも、よくわかんなくて。なんか、こういう場所っていいなって。だって、学校って、窓だらけで、どこも光が差していて。それが、なんだか居心地悪くて、だから、なんだか、こういうところって、わたしらしいっていうか」

意味、伝わるだろうか？

きっと、伝わらない。伝わらないよな。

いつだって、わたしは伝わらない。

わたしはこういう人間だって。わたしはこんな人間なんだって。声を大にして叫びたいけれど。具体的な言葉は思い浮かばなくて。

今だって、伝えたい気持ちはたくさんあるはずなのに、その中の十分の一も上手く言葉にできなくて。

「秋穂はわたしと同じだね」シズ先輩は静かにそう言った。常のように。「決めた。今日は秋穂を被写体にしよう」

「え」

「秋穂、あっちに顔を向けて」彼女は壁の方を指し示す。「さっきみたいに、そのクラックを見つめる感じで。あれ、いい表情だった」

いきなりそう言われても、戸惑う。シズ先輩にそんなふうに言われるのは初めてだった。

「でも、先輩、カメラは」

「大丈夫、ここにある」

彼女は抱えていた段ボール箱をひょいと軽く持ち上げた。

「その中に？」

「違う。この中は空っぽ。これがカメラなんだよ」

「え？」

よく見ると、段ボールの下部には三脚が取り付けられていた。先輩はしばらく周囲をうろうろしていたけれど、やがて構図を決めたのか、西日に向かうような位置に陣取った。三脚をセットし、その上に載った段ボールの向きを調節している。

「それ……。カメラなんですか？」

「ピンホールカメラ。知らない？」シズ先輩は、ほんの少し笑う。「レンズのないカメラ。使うのは、段ボールの箱とアルミの小さな穴、それと印画紙だけ」

「レンズが、ない？」どういうこと？「それで写真が撮れるんですか？」

「いいレンズがあれば綺麗な写真が撮れるってわけじゃないんだよ。ほら、そっち向いて。少し露光時間が長いから。そうだね、一分半かな。じっとしてて」

「え」

思わず、先輩の方に顔を向けてしまった。先輩はこちらを向いた段ボール箱の中央、そこに貼られていた黒いテープをそっとはがす。

「ほら、こっち見るな」

　シズ先輩は、それきり黙り込んでしまった。わたしもなにも言えなくなって、ただクリーム色の壁を見つめる。レンズのないカメラ。いつシャッターを切るんだろう。ううん、それとも、もう撮っているんだろうか？　露光時間は一分半。一分半。少し長かった。壁の亀裂をじっと見つめていると、やがてシズ先輩の声がする。

「物がどうして眼に見えるのか、秋穂は知っている？」

　もう、一分半経っただろうか。わたしはわからないです、と正直に答える。

「どんな物体にも、それぞれ特有の色があって、それらは常に光を放っているんだ。より正確に言えば、物体は、光を受け止めて、反射する。散乱といって、あらゆる方向に光が放たれていく。物に色がついて見えるのは、この散乱のときに、表面の分子によって特定の波長以外の光が吸収されてしまうからなんだ。わたしたちの眼は、その反射した光を受け止める。わたしたちは物を見ているんじゃなくて、光を見ているんだよ」

　もう、こっちを見ていいよ、とシズ先輩は言う。先輩は、丁寧な手つきで黒いテープを段ボール箱の中央に貼り直していた。

「カメラのレンズは、その全面でたくさんの光を取り入れて露光する。それと同じように、この段ボールには小さな穴が開いているんだ。穴といっても、一ミリにも満たない穴だから、あらゆる方向から放たれる光をすべて受け止めることはできない。そのほとんどは穴を通過しないで、段ボールの壁に当たって弾かれていく。でも、この小さな穴を通り抜けられる光もあるんだ。その僅かな、本当に必要最低限の光が、箱の奥にある印画紙まで届いて、像を結ぶ」

シズ先輩の説明は、理解するまで時間がかかった。

遠く、彼方から、柔らかく、ときには眩しく届く西日の光。

たくさんの光が、わたしの身体を貫く。

わたしの身体はそれを受け止めて、光を反射する。あらゆる方向に、光を放つ。

それを受け止める、一点の小さな穴。樹木、壁、窓、校舎、土、石、空、雲。たくさんの物体が、たくさんの光を放って。それを一方向から受け止める、段ボールの箱。

本当に、そんなので写るんだろうか？

「もちろん、印画紙に届く光は本当にごく僅かなものだから、露光時間もそのぶん長くなる。ゆっくり、時間をかけて弱い光を吸収する必要があるんだ。だいたい屋外のこの日差しだと、一分半。この箱の中に、光をたくさんためこんでいるんだと思えばいい」

先輩は光の箱を抱えて、背を向けた。それから、肩越しに振り向いて言う。まぶしい。

「秋穂、おいで。現像しよう」

7

「わたしがやるんですか？」

お手並み拝見だ、と言われてようやく気が付いた。

「なんのために秋穂を呼んだと思ったの。自分でやるつもりだったら一人で暗室に来たよ」

セーフライトの光が、室内をほんのりと照らす。薬品の準備を終えると、シズ先輩は慎重な手つきで段ボールを開いて、中から印画紙を取り出した。

「あ、そうか、印画紙ってことは、引き伸ばさなくていいんですね」

「そう。普通に露光が終わったあとだと思えばいい。露光面はこっち側」

普通に、と言われても、やっぱり勝手が違う。戸惑いながら、作業台にマグネットでくっついているタイマーをセット。言われるまま竹ピンで印画紙を挟んで、作業台に並んだバットに向かう。息を吸うと、薬品の臭いが鼻を突く。緊張を収めるように、いったん深く呼吸をした。よし。いちばん左端の現像液へと、印画紙を浸す。この作業は、もう何回もしているのに、いつも緊張してしまう。まして、これはシズ先輩の作品だ。

失敗するわけにはいかない。

息を吞んで、心の中でカウント。先輩はじっとバットの中の印画紙を見下ろしていた。

竹ピンでムラなく印画紙を押し付け、ときおりバットを揺らして、現像液を攪拌《かくはん》する。

露光面を上に返して暫くすると、像が浮かび上がってきた。何度体験しても、この瞬間は胸が躍る。

「うわ、ホントだ。すごい、撮れてる。段ボールで写真撮れちゃうんだ」

「よし、成功。露出もそれなりだ。あと二十秒」

タイマーが鳴る。像の浮かんだ印画紙を持ち上げて、水を切る。安全光が照らす薄闇の中で、浮かんだ像をそっと覗き込んだ。暗い。思っていたより黒いな、と思った。一瞬あとで、あ、これはネガなんだ、と気づく。

「そう。あとでポジにしてやらないといけない」

「どうするんですか？」

「色々と方法はあるけれど、面倒だからデジタルに任せよう。ほら、停止」

その後は順調だった。停止液、定着液にくぐらせて、水洗い用のバットに移す。ここまでくると、もう緊張する必要はない。あとはよく水洗いすれば終わりだ。一息ついたことに気付いたのか、シズ先輩が言った。暗闇の中で、密やかに。

「秋穂は、あの壁写真を誰が撮ったのか、知りたい？」

「え？」

流しの水は冷たくて心地よかった。ひやりとした流水に触れた指先が、ふと止まる。

「先輩、知っているんですか？」

「まぁね。それを乾燥させる間、話してあげる。秋穂は後片付けをして」

シズ先輩は安全光を消して、電灯を点けた。エアコンが利いているので、空調面ではここは快適だった。先輩はネガにドライヤーを当て始める。自然乾燥にしないなんて、珍しいと思った。手にしているネガの様子は、よく見えない。ネガの段階でもいいから、蛍光灯の下でよく見てみたかった。仕方なく、現像液をタンクに戻す作業に移る。

「秋穂は、あれを誰が撮ったと思ってるの？」

ドライヤーの小さな音に混じって、シズ先輩が言う。

「わたしは、誰かが別のカメラを使って撮ったのかなって」

「ミラ子のSDカードを使って？　わたしも見たけれど、確かに、ノーファインダーで偶然撮ったにしては、露出も適切だったし、ピントも合っていたね」

「そうなんです。それに、ぜんぜん違うフォルダに写真が入っていたから、別の機種のデジカメで撮ったんじゃないかって思って」

「秋穂は、ＤＣＦって知ってる？」

「ＤＣＦ？」

「デザイン・ルール・フォー・カメラ・ファイル・システム」

先輩はときおり、こんなふうにすらすらとわけのわからないカタカナ用語を並べる。ていうか、それを略してＤＣＦ？　ぜんぜんうまく略されてないじゃん。略しすぎじゃん。

「なんですか、それ」

別の漏斗《ろうと》に取り替えて、バットの定着液をタンクに流し込んでいく。先輩はもうドライヤーの電源を切っていた。

「デジカメの画像ファイルシステムの規格だよ。十年くらい前からある規格でね。世の中に出てるほとんどのデジカメはＤＣＦフォーマットに対応している。この規格に対応していれば、たとえメーカーや機種が違っても、デジカメのディスプレイで写真のサムネイルをプレビューすることもできるし、自動プリント機に読み込ませることができる。当然、わたしたちがふだん使ってるカメラはＤＣＦのフォーマットでディレクトリ構造を保存するんだ。だから、秋穂の推理は間違い。たとえ別の機種のデジカメで撮ったとしても、worksなんてディレクトリに写真が保存されることはない。ＤＣＦでは、ルートディレクトリ直下にDCIMディレクトリが作られて、その中に、100をはじめとする三桁の数字と、メーカー名からなるディレクトリができる。どのデジカメで写真を撮っても、ファイルはその規則で作られたディレクトリ内に保存されるんだよ」

「ディレクトリ……」

なにがなんだか意味がわからなかった。他にもわからない用語がたくさん出てきた。

「あ、フォルダのこと。ごめん、ついディレクトリって言っちゃう」

「えっと……。それって、つまり、どういうことですか？」

バットを水洗いする手を止めて、先輩を振り返る。先輩はネガが丸まらないように、重石《おもし》代わりの雑誌を作業台に載せていた。伏し目がちの先輩の眼は、窮屈な空間に押し込められた印画紙を見守るかのようだった。そっと小さな指で分厚い雑誌に触れながら、ピンク色の唇を動かす。

「worksってディレクトリは、恣意《しい》的に誰かが作ったものなんだよ。秋穂。写真部の子は、みんな何気なく日常でSDカードを使ってるよね。その主たる用途はデジカメの記憶媒体なのかもしれないけれど、でも、SDカードはなにもデジカメに限って使う物じゃない。USBメモリと同じように、持ち運びできるストレージとして使われることだってあるんだ」

パソコン用語のことは、よくわからない。でも、そうか、SDカードが、デジカメだけに使われるわけじゃないってことは、なんとなくわかる。

「あの写真ファイルは、デジカメで撮られたものには違いないけれど、直接あのSDカードに記録されたわけじゃないんだ。誰かが、あのSDカードの中にworksってディレクトリを作って、そこに、パソコンかなにかから写真ファイルをまるごとコピーしたんだよ。たぶん、メールで転送するには容量が大きすぎて、SDカードを使って持ち運ぼうと思ったんだね。USBメモリを持ってなくても、デジカメ用に予備のSDカードを持ってる家なんて、いくらでもありそうだ」

「それじゃ、誰がそんなことしたんですか？」

「ミラ子じゃないなら、答えは限られてくる。あんたたち、おなじメーカーのカード使ってるよね」

「え？」

シズ先輩は応えなかった。

「秋穂、手が止まってる。水の無駄になるよ」

わたしは頬を膨らませ、自分の手元に視線を戻した。流れ落ちる水は、わたしの指先をどんどん冷たくしていく。

8

出来上がったネガを、まだじっくりとは見ていない。見ようとすると、シズ先輩は怒った。先輩は乾燥させた印画紙をクリアファイルに挟むと、暗室の明かりを消してさっさと外に出てしまう。「ほら、次は部室だ」急かされるまま、わけもわからずに先輩を追った。

部室に戻ると、先輩はスキャナの電源を入れた。コードで自分のノートパソコンと繋いで、印画紙をセットする。

「先輩、さっきの話。どういうことですか」

先輩はノートパソコンに向かっていた。旧式のスキャナが重々しく動いて不気味な駆動音を鳴らす。写真の読み込みが終わるまで時間がかかりそうだった。シズ先輩はわたしの方に顔を向けて、口を開いた。

「七月だったかな。そのときの撮影会で、ミラ子が秋穂にカードを借りていたよね」

「はい……。え、でも」

先輩の言いたいことが、想像できたような気がした。でも、わからない。だって、わたしには、あの写真に心当たりなんてなくて。

「そのときに、ミラ子と秋穂のカードが入れ替わってしまった可能性はあるよね。同じメーカーで同じ容量のカードなら、見た目はまったく一緒。異なるのは中にあるデータだけ。ミラ子はカードを持ち帰って、自分のパソコンに写真を取り込む。そのとき、取り込んだ写真のデータをカードから消してしまえば、手元に残るのは空っぽのカードが二枚。どちらのカードがもともと秋穂のものだったのか、誰にも判別がつかない。少なくとも、ミラ子はそう思った。だから、ランダムに一つを選んで、そっちを秋穂に返した」

「でも、ミラ子先輩がカードの中身を空っぽにしたのなら、あの壁の写真だって消えるんじゃないですか？」

「ミラ子はデジカメにバンドルされてるソフトを使って、写真をカードから取り出してるんだ。そのソフトを使っていたらworksのディレクトリに気付くことはないし、取り込んだ写真をすべて消しても、消えるのはＤＣＩＭディレクトリ以下のファイルだけで、worksディレクトリにはまったく影響がない。だから、ミラ子は写真を撮ったり消したりしても、worksディレクトリに気付かなかったんだ。たまたま、部室のパソコンから、ウィンドウズのエクスプローラを使ってＳＤカードを覗いたから、それに気付いた」

「でも」

シズ先輩の言いたいことはわかる。

でも、それじゃ――。

あの写真を撮ったのは。

「秋穂の予備のSDカード。あれって、普段は誰のものだったの？」

胸の中、得体の知れない重みが下っていく。

「父さんの、です」

「worksの意味は、そのまま捉えるべきだったんだ。あれは作品集じゃない。仕事のデータだったんだよ」

金属のきしみ。怪獣みたいな嘶《いなな》きを発していたスキャナが悲鳴と共に動きを止める。シズ先輩はノートパソコンに眼を落とした。その両手がキーボードに向かう。先輩のノートにマウスは付いていなかった。

「前に、ガラスブロックのこと、カオリから聞いた。わたしも知らなかったよ、あれの名前。秋穂は誰から聞いたんだろうって思ったことがあった。あれの名前を知っていそうなのは、硝子業者か、そうでなければ、建築業者だね」

「はい……」

「秋穂のお父さんは、建築系の仕事してるの？」

「はい。でも、具体的に、どんな仕事してるのかなんて、わたし、知らなくて」

いつも、夜遅くに帰ってくる父親。

そんなふうにしか思っていなかった。そんなふうにしか考えていなかった。

いつだったか、ずっと昔に、父さんは家を建てているの？　と聞いたことがある。けれど父さんは首を横に振った。なぁんだ、とがっかりした記憶がある。

「秋穂のお父さんに、会ったよ」

「え？」

先輩はパソコンに向き直っている。わたしには横顔を向けていた。

「夏休み前に、部室に来た。耐震診断調査っていうのかな、その仕事で、たまたまこの高校を調べることになったみたい。たぶん、写真はそのときに記録として撮ったんじゃない？　家で仕事をするつもりだったのかはわからないけれど、自分のSDカードにデータをコピーして会社から持ち帰ったんだろうね。それが消されずに残っていたんだ」

「どうして」父が、そういう仕事をしている可能性は、あるかもしれない。その仕事で、たまたまこの学校に来ることだって、もしかしたら、あるかもしれない。でも、だからって。「どうして、父さんが、部室に?」

「秋穂に会いに来たんじゃないの?」先輩はちらりとこちらを見て、こともなげに言う。

「あんた、そのとき暗室で作業してたんだ。大事な作業してるのなら、邪魔しちゃ悪いって、秋穂の父さん、そのまま帰ったよ」

シズ先輩が、パソコンを弄る。娘をよろしくお願いしますって。今度はプリンタが重々しく動き始めた。

「言ってたよ。娘をよろしくお願いしますって。口べたで、人見知りする子なんですが、本人はとても楽しんでるみたいなんで、どうぞよろしくお願いしますって。お父さん、わたしにも頭下げてたよ」

プリンタが忙《せわ》しなく動く。

右へ左へと、インクの入ったタンクが小刻みに動いて、なにかを刻んでいく。

排出口からは、L判のプリント用紙の端が見えた。

「さて、完成だ」

父さんの、写真。

ひたすらに、暗い景色の中、傷んだクリーム色の壁を写して、罅割れた亀裂にレンズを向けて。

学校にだって、そりゃ、光の届かないところだってあるよ。誰にでも光が届くなんて、嘘だよ。そんな当たり前のことを、教えてくれるような写真。

どこか落ち着くその風景を、わたしは追っていた。そうとは知らずに、父さんが仕事をするときに向ける眼で見ていたものを、追いかけていた。

シズ先輩が、プリンタから写真を引き抜く。

「秋穂、いい顔してる」

そう言って、無造作に、写真が突き出される。

モノクロの、淡い世界。レンズも使わない、ただの段ボールの箱で撮った、アナログのネガ。それをスキャナで取り込んで、デジタルで反転させたポジ写真。

本当に、写ってる。

本当に、撮れてる。

小さな写真の中に、わたしがいる。左手に広がる壁を見つめて、どこかふてくされたような表情で、物思いに浸っているような、そんな表情を浮かべて、じっと壁を睨んでる。淡い光が、わたしのボブの髪を白く照らしている。灰色の柔らかな光が照らす景色。本当に、段ボールで、撮れるんだ。あんな小さな穴を通り抜けた光で、こんなふうに、写るんだ。

「すごい……。なんだか、柔らかい」

「そう、像が全体的に淡くていいよね。これがピンホール独特の味なんだ。でも、ボケとは違う。ほら、ピンホールは円を通過した光で像を結んでいるから、どの箇所も丸みを帯びて柔らかな輪郭になる。小さな円の集合で像を描いているんだよ」

真っ暗の箱に開いた、小さな小さな穴。そこを通過する、弱くてかすかな光。

届くんだ、と思った。

わたしの放つ、おぼろげな光でも、届くんだ。

「写真って、すごい」

「よく、写真は一瞬を切り取るって言うけど。でも、もしかしたら、それは違うのかもしれない。少なくともさ、ずっと昔のカメラは、長い露光時間で被写体にレンズを向けていたんだ。これって、人間の視点にすごく似てるんだよ。ほら、人間って、ゆっくりと時間をかけてその景色を観察するよね。そうじゃないと見えてこないものだってある。ピンホールには、それができるんだって。先生の受け売りだけどさ」

先輩の言う通り、写真の像全体が淡くて、どこか儚《はかな》げだった。輪郭のはっきりとしないぼんやりとした姿。霞んで弱々しい高校生の女の子。でも、それがわたしなんだ。

これが、わたしなんだ。

綺麗だ、と思った。

9

月と眼が合った。丁度、文化祭に展示する作品に困っていたところだった。おもむろに窓から見上げると、月がこちらを見ているような気がした。物と眼が合うと、シャッターを切りたくなる。誰からも注目されないような、目立たない存在にレンズを向けるのが好きだった。道に転がる特徴的な石ころ。路肩に落ちている錆び付いた空き缶。教室の中の、真っ暗な机の中。誰も見つけていないその景色を見ては、眼が合った、なんて感じて、シャッターを切りたくなる。誰も知らないその光景を、自分のものにしたくなる。だから、月と眼が合ったこの瞬間は、きっと世界中の誰もが、月を見上げていない瞬間だったんだと思う。

ベランダに身を乗り出してカメラを構える。アングルを何度か変えても、なかなかいい構図にはならない。近くの公園にある銀杏《いちょう》の木と合わせてみたら、面白いかもしれない。頭の中、勝手に構図をイメージして、期待を胸に階段を下りた。

居間から話し声。また早く帰ってきた父さんが、ネクタイを緩めながら母さんと話をしているところだった。

「お、秋穂。どうした、写真か？」

「ちょっと、外出ようかなって。そこの公園」

気を付けろよ、という父さんの言葉。

そういえば、と思った。

どんな人間にも、特有の色がある。たくさんの光を受け止めて、散乱し、固有の色を発している。それは光を放つことと同じなんだよ。シズ先輩はそう言っていた。

あらゆる物体は、光を反射して、自分特有の光を放っている。その光は眩しくてきらきらしていて。

でも、たくさんの光を放つことのできない存在だってある。薄暗い場所だってある。日の当たらない場所だってあるんだ。

わたしが発する光、いつか誰かが受け止めてくれるだろうか。うっすらと弱々しい光は、ピンホールの穴をなんとかくぐり抜けて、その向こうへたどり着こうともがいている。

いつかその日まで、わたしは光を放ち続けるだろう。そして、誰かの発する光を、こっそりとキャッチする。

そう。そういえば、父さんの写真、撮ったことない。

カメラを構える。父さんは台所にいる母さんと話していた。絞りを最大に開放して、光をたくさん、取り込む。ファインダーを覗いた。

「父さん」

こっちを見る。

ファインダー越しに覗く父の肌は日焼けしていて、まだまだ若々しい。

お父さん、結構カッコいいじゃん。

誰にも聞こえないようにそう呟いて、シャッターにゆっくり指を押し込んだ。

ツインレンズ・パララックス

1

告白された。

たぶん、そうなるだろうなという予感と、そうならないで欲しいという焦りにも似た気持ちが、そのとき砕けた気がした。俯いて話す松下《まつした》の言葉に耳を擽《くすぐ》られると、彼のことを好きだった二年間のことが洪水のように記憶の浜辺を押し流していく。授業中、彼の横顔を盗み見ていたこと。たまたま眼が合って耳を赤くしてしまったときのこと。掃除、手伝おうかって、声をかけてくれたときのこと。

ぜんぶぜんぶ、飲み込まれて、頭が真っ白になって、なにも残らなくなる。すべて消えてしまう。

「ずっと、好きだったんだ」

その言葉は、ナイフみたいに胸に突き立てられて、あたしを殺す。

聞いていて苛《いら》つくほどに焦れったい時間。感染するみたいに伝わる緊張の呼吸。

ずっと、好きだった？

目頭が熱くなる。あたしはたまらずに一歩を踏み出した。

2

部室に行く気分になれなくて、二階の渡り廊下からぼんやりと校庭を眺めていた。昨日、充電し忘れていた携帯電話はご臨終。バイトのシフトまではまだまだ時間がある。今日は雑誌も漫画も持っていない。教室は文化祭の準備をしているみたいで、滅多に手伝わない自分が顔を出すのは気まずかった。

「日比野。どうしたこんなところで」

しばらく、手摺《てすり》に背を寄せたまま空を見上げるというみっともない格好をしていた。イナバウアー。男子に見つかると確実に好感度が下がりそう。声をかけてきたのは戸嶋先生で、頬が火照《ほて》るのを感じた。厳しい顧問に見つかった野球部の少年みたいに、速やかに姿勢を正す。気の抜けている顔から、素敵女子の笑顔を取り繕った。

「ちょっと暇してて。ねぇ、センセー、聞いてよ、今日ケータイ充電するの忘れちゃって。もうサイテー」

甘えるような声を出すと、戸嶋先生は少し不思議そうな顔をした。

「部室は？」

「あー、ちょっと行きたくない感じ」

先生は理由を聞かずに、ぐるりと空を見渡した。「写真でも撮ったらどうだ。天気いいじゃないか」

「カメラないんですよ」愛機のホルガ１３５はフィルム切れで鞄に入れていない。「先生、なんか貸して」

先生は、そう言われてもなぁとこぼしたあと、急になにかを思い付いたようだった。持ってくるから待ってろと言い残して、渡り廊下を去って行く。

先生は三分くらいで戻ってきた。

「わ、なにそれ可愛い！」先生が持ってきたのは小さな黒いカメラだった。あたしのホルガより、うんと小さい。レンズが縦に二つ付いていて、レトロな造形をしていた。

「え、なにこれ、これもカメラなんですか？」

触らせて貰うと、想像よりも軽くてびっくりした。プラスチックのチープな作り。トイカメラだと思うのだけれど、見たことのないフォルム。なんで、レンズが二つもあるの？

「なんだ、知らないのか」先生は意外そうだった。「二眼レフだよ。天野《あまの》は本物を持っているぞ」

「これは、偽物？」

「雑誌の付録だから。本物は、とてもじゃないが日比野には貸せない」

「えー、なんで」

「高いんだよ。もう作られていないから、アンティークなんだ」

先生はポケットからコダックのフィルムを取り出して、その小さなカメラの使い方を教えてくれた。

ファインダーらしき窓が見当たらないので、どうやって撮るのかと思っていたら、先生はカメラ上部の蓋のようなところを開いた。「こうやって、上から覗いて撮るんだ」

黒い箱に浮かんだ、淡くぼけた光の窓。星の輝きがたくさん詰まっている宝石箱のよう。渡り廊下の明るい景色がミニチュアになって収まっていた。万華鏡みたい。

「すごいすごい！」はしゃいだ声が出る。「え、どうなってんのこれ。なんで上から覗くの？」

「上のレンズがファインダー用なんだ。ここに斜めに鏡が入っていて、レンズを通った光が上に反射する。それがスクリーンに映ってるんだよ」

二つのレンズは歯車みたいに嚙み合って連動している。レンズを回転させてピントを合わせると、二つのレンズが同時に動く。小さな箱に浮かんだ像。写真を撮らなくても、そこを見下ろすだけで心が躍った。被写体を探してぐるりと渡り廊下を見渡す。あれって思った。カメラを右に振ったはずなのに、光の景色は左の方へずれる。

「なんかヘン」

「左右逆像になってるんだ」

顔を上げる。渡り廊下にはわかりやすい被写体がなかったから、先生にレンズを向けた。後退して距離を取る。

「先生、右手上げて」

小さな箱の中、淡くぼけた先生の像は左手を上げる。顔を上げて、実物を確認した。

「へー、面白い！　なんでなんで？　なんで逆になるの？」

「そもそもレンズを通って屈折した光は、上下左右が逆になって像を作るからね。それを鏡で、上下だけ直しているんだよ」

上のレンズがファインダー用で、下のレンズが撮影用になっている。だから二眼レフ。

「気に入ったのならやるよ」

「え、マジ？　いいの？」

顔を上げる。先生は照れくさそうに笑っていた。

「その代わり、ちゃんと自分で現像するんだぞ」

先生の言葉に、ええええっとオーバーリアクション。

「お前、フィルムカメラが好きなくせに、ホント現像しないよなぁ」

先生の言葉は痛いところを突いてくる。その部分は、きっと先生が思っているよりも、ずっと柔らかくて脆《もろ》い場所だと思った。

あたしは写真を撮っても現像するのが億劫《おっくう》で、そのままフィルムを放置してしまう。だから、アルバムにある写真の数は、写真部の他の子と比べるとずっと少ないかもしれない。感光してしまったかもしれないフィルム。失敗しているかもしれない露出。思った通りに収まっていない構図。うまくいかなかった思い出はぐるぐるとパトローネに巻き付けられて、その成否を確かめることもできず、フィルムケースの中に閉じ込められたまま。

現像なんて、しなくていい。プリントなんて、要らない。

可愛いカメラを構えて、ファインダーを覗いて。

あれ綺麗、これ可愛い。そんなふうに声を上げながら、シャッターを切る自分が、好きなだけ。

先生は片手を上げて、渡り廊下を去って行く。日射しを帯びたその背中にレンズを向けて、ぼやけたスクリーンに眼を落とした。

シャッターのレバーを押すと、小箱のバネが音を立てながら弾んで、心のどこかを擽《くすぐ》ったような気がした。

3

あたしたちは自分で思っているよりも、目に映る世界のことをほんの少ししか見ていない。

ときどき、カメラのファインダーを覗くと、そんなことを感じる。

その日は掃除の時間、カエデたちとはしゃいでいた。マイク代わりにモップを握りしめて、アカペラのリズムに乗りながらみんなでAKBのヘビーローテーションを踊る。誰ともなしに始めた馬鹿な遊びを調子のいい男子たちが囃《はや》し立てた。モップを軸に、お尻を突き出して、くるっと廻ってターン。短いプリーツを翻すと、ノリのいい鳥越や三谷は口笛を吹いて手を叩く。でも残念でした。下にはスパッツ穿《は》いてるんだよ。観客のいないパフォーマンスは、いつの間にか教室を巻き込んで賑やかなものになっていた。

チェックの模様が可愛いCONOMiのスカート。美容院で満足にパーマをキメて、お昼にコテで巻いたヘア。校則って、破れば破るほど可愛くなれる、あたしたちを封じ込めている呪いみたい。お腹の底から笑って、頬が痛くなるくらいに笑顔を浮かべると、心地いい。今日も生きているって感じがする。明日も楽しいって予感がする。みんなが、あたしのことを見ていてくれる気がする。あとは、シズがあたしのことを撮ってくれれば完璧なのに。

浮ついた教室の雰囲気は、いつもより少しだけ高揚していた。もうすぐ文化祭。暗室での現像作業みたいに、期待と不安がミックスされて、あたしたちの心で化学変化を起こす。本当は、期待していることなんて欠片《かけら》も起こらないって知っているはずなのに。もしかしたら、もっと楽しいこと、素敵なことが起こるんじゃないかって。そんな気持ちが弾けて躍っている。現像液に浸されて、浮かび上がってくる未来の景色は、どんな色？

「あの」放課後。カエデたちと机を囲って、広げた新聞紙の上、衣装や小道具に思い思いに血糊《ちのり》を塗りたくるという作業をしていた。少し躊躇うように声を掛けてきたのは中《なか》里《ざと》さんだった。「なにか、手伝うことある？」

文化祭の出し物はお化け屋敷で、基本的なアイデアはナオと三谷が出しているみたいだった。あたしたちは与えられた材料を使って、とにかくひたすら怖そうな道具を作る。ポスター作成の方が楽しそうだけれど、残念ながら絵心がないので、こうして男子が作った大量のお札にべたべたと血を塗るという気楽な作業をやっていた。コンセプトは、呪われた廃病院。

　こーやって、ひたすら血をブチまけるの。ストレス発散になるよー。そう言おうとしたら、遮《さえぎ》るみたいに素早くカエデが答えた。「あ、ごめんね。ウチら、もう間に合ってるからさ」

　人手はいくらあっても良さそうなのに。カエデを見ると、彼女はすぐに別の話題を口にした。「そういえばさー、スタバの新しいメニューなんだけどー」彼女の話を耳にしながら、視界の隅で中里さんを追う。肩を小さくした中里さんは別のグループに話しかけて、そこからも協力を断られたみたいだった。どうしてか、あたしは視線を背けて、手元のお札に視線を落とす。

　中里さんは、どこのグループからも受け入れを断られたみたいだった。途方に暮れたように、隅に突っ立っている。教室を見渡すと、ナオの姿がない。ナオなら、ああやって孤立している子にも、きちんと仕事を振ってあげられるんだろうけれど。ぽつんと教室の隅に立っている中里さんは、幽霊みたいだ。彼女を見ていると、映子《えいこ》のことを思い出す。

初めて映子のことをシズに話したとき、あたしは教室の黒板を前に、うんと爪先を伸ばして立っていた。黒板消しを持った手を大きく振り上げ、ワイパーみたいに左右に動かす。たぶん、あれはちょうど一年くらい前。シズにモデルを頼まれたときだった。「あんたが黒板を消しているところを撮りたい」なんて言われて、少し戸惑ったのを覚えている。

シズは、あたしを使って写真を撮ってくれる。彼女は、女の子の写真を撮るのが好きなのだと言った。

「中学校のときの、苦い思い出を教えて」

赤いラインの走るレンズ。そのピントリングに触れて、ファインダーを覗いたシズがそう言った。あたしは彼女の指示通りに、何度も黒板消しを動かしていた。

「中学のとき？」

「そう。カオリの中学のときの話って、あまり聞いたことがない」

「なんで今？　このタイミングで？」

「苦い思い出を語りながら、苦い過去を消すように、黒板消しを動かしているところを撮る」

シズはそう言って、カメラにキスするように頬を寄せる。相変わらずわけのわからない子。「苦い思い出って言われてもなぁ」もう充分綺麗になった黒板の掃除を続けながら、あたしは映子のことを話した。

「卒業式の日に、全員で色紙を描いたんだ」

いつまでも一緒だよ。ずっと友達でいようね。女の子たちの可愛い文字とイラスト。白い蛍光ペンのハートマーク。みんな最高の友達！　男の子たちの大きくて力強い字。白い色紙を埋め尽くすように、息苦しいくらいに吐き散らされた言葉の数々。男女の垣根がわりと低く、クラスは一致団結していた。体育祭では優勝を争ったし、文化祭の出し物は優秀賞に輝いた。あたしたちが色紙に書き込んだ言葉に嘘はなく、けれど、ほんの微かに苦くて嚙みきれない、固いスジが紛れ込んでいたのも事実だったと思う。それはたぶん、三年B組にとって唯一の汚点だった。

「名前は、仮に、A子ってしようか」

「映子？　映画のエイ？」シャッターを切りながら、シズが聞く。いきなり撮られたので驚いた。慌てて顔を作って、黒板掃除を再開する。

「それじゃ、映子ね。カッコ仮名」

実名を出すのは憚《はばか》られた。だから、シズにその子のことを話すとき、あたしは彼女を映子と呼ぶ。

　映子は真面目な子だった。どこのクラスにもいるような、優等生タイプの女の子だったと思う。校則は必ず守って、常に勉強していて、テストは満点の少し嫌味なやつ。

「スカートは膝下ですっごくダサい格好してた。髪型は、基本的にお下げで」

「どこの教室にもいるね。そういうの」

「自分だけそうしているぶんなら、誰も文句は言わなかったと思う。けれど、あの子は、ちょっと空気、読めなかったんだよね」

　中学三年生となると、たいていの女子はスカートを短く詰めて、お洒落に目覚め始めてくる。映子は、そういう女の子たちを注意するようになった。あんた、スカート短いよ。なんで？　校則違反じゃん、それ。

「そう言われたら、みんな、言い返せないぶん、むっとするじゃん」

　あたしだったら苛つく。そりゃ、校則違反ですけど。だって、スカート膝下とか可愛くないじゃん。いまどき、そんな格好で街歩けないじゃん。

　シズは返事をする代わりに、シャッターを切る。もっと高いところに手を伸ばしてみて。リクエストに応えて、あたしはうんと背筋を伸ばす。踵《かかと》を上げて、手の届かない黒板の更に上を目指すように。

すぐに、映子はみんなから邪険に扱われるようになった。当然だったと思う。ある日、映子はどこのグループからも無視されるようになった。クラスのみんなが、映子をシカトするっていう空気を機敏に感じ取って、それを実行し始めた。そうすることで新しい連帯感が生まれて、教室の娯楽が一つ増えたような錯覚さえした。人を責め立て、苦しめるのは、あたしたちにとってわかりやすい快楽だった。

映子は幽霊だ。教室のみんなから、いないものとして扱われる。挨拶をしてきても無視。グループに入ってこようとしても気付かないふり。誰も彼女に理由を告げることなく、ひたすらに拒絶を叩き付ける。

映子は、笑っていた。

話しかけられたグループの女子たちが、「あっち行こう」って全員で移動して、教室を去って行く。立ち尽くす映子は、話しかけたときの調子と同じように、「昨日さー」って言葉の続きを口にできないまま、笑顔を浮かべて突っ立っていた。

あたしは見ているだけで、なにもできなかった。

映子を庇《かば》う子はいない。映子を庇ったら、クラスの連帯感から外れることになる。だから、クラスのみんなよりも映子を大事に思うことがない限り、映子を庇うことなんてできなかった。当然、映子の方を大事に思う子なんていなかった。

「幼稚だね」

シズはそれだけ言った。何度かシャッターの音が響く。あたしは黒板消しに体重を預けながら、白いチョークの粉が塗《まぶ》された黒板を、壁を引き裂くように何度も拭う。優しさのシュガーパウダー。可愛らしさのエフェクト。砂糖のように甘くて白い粉。すべて、消し去ってしまいたい。

「ホントにね。みんな最高の友達だなんて、汚い嘘だよ」それが、中学のときの苦い思い出。「中三にもなって、シカトするとか……。凄く、居心地悪かった。なんか、後味悪いまま卒業しちゃった感じ」

「だったら、あんたが誘ってあげれば良かったじゃん。お昼でも何でも」

シズの言葉は正論だった。

シズは正しいことしか言わない。へそ曲がりで、他人の気持ちなんてあまり考えないような子だけれど、シズの言葉は、いつだって正論だ。それがどんなに難しいことであっても。

校則は守ろう。そういうの、良くないよ。そう言っていた映子の言葉だって、正論だった。

オートフォーカスの動作音がして、シャッターが切られる。

今、あたしは黒板ではなくて、机に広げられた新聞紙に向かって、べたべたと絵筆を叩き付けていた。カエデたちは笑ってる。どんな話をしていたのか、ぼうっとしていたのであたしはついていけてない。けれどカエデが楽しそうにサチとじゃれ合っていたから、釣られてあたしも笑った。わかったようなフリして、笑った。突っ立っている中里さんには気付かないフリを続けた。

笑ってると、生きている気がする。

ここにいてもいいような気がする。

4

翌日の空気はよそよそしかった。いつものように登校して廊下を歩き出したときから、普段とは違う視線を感じる。おはようの挨拶を投げかけると、返ってくる言葉はどこか手探りで、様子を窺う慎重なものだった。なんだかいやな感じ。不審に思って教室に入ると、男子たちの会話が耳に飛び込んできて、納得した。

「マジか、また撃沈かよー。日比野、手強《てごわ》すぎだろ」

「ビンタとか、マジウケるなぁ。どんだけひどいことしたんだよ。強行突破し過ぎじゃね」

机に腰掛けて男子たちと喋っている鳥越は、あたしに気が付いて顔を上げた。話を聞かれたことを悟ったのか、机から勢いよく飛び降りて気を付けの姿勢を取ると、敬礼した。

「おはようございます隊長！」

ノリのいい馬鹿男子たちは、次々と同じようなポーズを取って笑う。

「アホか」

あたしは吹き出して、軽く手を振った。

「おはよー」

ミラやカエデに声を掛けて席に着く。

今朝は何枚か写真を撮っていて、先生から貰ったフィルムはとうとう底を突いたみたいだった。二眼レフにはストラップを付けるフックがあって、そこに手芸屋さんで買った革紐をナスカンで繋いでいる。黒くてアンティークなフォルムに、レザーのレトロな感じが可愛い。制服には似合わないけれど、これを首から提げて散歩するのも楽しそう。

教科書の用意をするよりも早く、首から提げていた二眼レフの送りノブを勢いよく回す。

なにせ、この付録カメラには、フィルム枚数をカウントする窓がない。もう終わったかな？　と力を込めてノブを回すと、まだフィルムが残っていたりすることが何度かあった。けれど、流石《さすが》にノブはもう回らないみたいだ。

「ねぇねぇ、カオリ」微かなピーチの匂い。カエデが近付いてきて、声を潜《ひそ》めて聞いた。「松下にコクられて振ったってマジ？」

「うーん、まーね」松下は別のクラスだけれど、それをいいことに男子たちは笑いのネタにしているみたいだった。誰が噂を広めたんだろう？　「けど、もー一週間くらい前の話だよそれ。なんか、あたしの中ではとっくに終わってる話なんですけど」

「けど、ビンタしたっていうのは？」ミラが会話に割って入ってきた。「それ、マジなの？　なんでなんで？」

なんかひどいことされたの？　いつの間にか、あたしは他の女の子たちに囲まれていて、質問攻めに遭っていた。ナオもユキも、なっちゃんも。男子もそうだけれど、高校二年生にもなって、みんなは相変わらず、この手の話が好きみたい。

「いや、べつに、そんなひどいことされたわけじゃないんだけど」

じゃ、なんでなんで？　押し倒されそうになったとか？　うわ、きゃー、ひどい！　松下最低！　カオリになんてことすんの！　ありえなーい、きもーい！　松下終わってる！

どんどん話はエスカレートしていく。彼女たちの妄想は止まることなく、あれやこれやと可哀想な松下は悪者にされていった。

「べつに、なんもされてないってー。ちょっと、イラっとしただけ」

「カオリさん、超怖《こ》えー」いつの間にか男子が混ざってて、三谷は恐怖に戦《おのの》くように自分の身体を抱いてしなを作った。こいつはいつも、動作がいちいちキモくて面白い。

「カオリさんに告白した男は、ただ玉砕するだけでなく、もれなくビンタのおまけ付き！」

うざーい、三谷あっち行けよー。今は女同士の話なんだからさー。カエデとユキは笑いながら蚊を払うように手を振る。

「松下も駄目だったか、これで五連敗だろー。日比野先生マジ強すぎ」

野次を飛ばす鳥越を睨み付ける。確かに、これで振った男子で噂になってるのは五人目だった。べつに、あたしが言いふらしているわけでもないのに、どうしてこんなにすぐ広まっちゃうんだろう。

「当たり前じゃん、男子諦めろよー」カエデが笑う。「カオリは、高校生興味ないんだから。無駄な努力はやめておきなさーい」

「そうだよ」ミラも続いた。「カオリはあんたたちにはあげないもん」

ていうか松下とかないよね。だねー。松下、あんま背高くないじゃん。カオリにはぜんぜん合わないっていうかー。レベル、違いすぎだしー。

女子こええーと声を上げて鳥越は笑いながら机に戻った。

みんなは、あたしのことを護ってくれる。黄色く姦《かしま》しい声は、女の子たちの信頼を得ていることを実感できるようで、あたしを恍惚とさせる。女子の結束はいびつで固い。みんなは、人気のある女の子に彼氏を作らせたくない。彼氏を作ることで、その子がグループから離れたり、一緒に遊んでくれなくなるのを恐れている。それは、あたしも実感として抱いたことがあった。仲のいい友達ほど、男子に取られるのは悔しい。きっとあたしも、ミラやシズを誰かに取られたら、たまらない気持ちになると思うから。

「ねぇねぇ、なんでビンタしたの？」

「馬鹿、カオリの傷を抉《えぐ》るようなこと言うなって」

「ホント、まじ松下最低。あいつなにしたんだよー」

だから、なにもされてないんだけどなぁ。

ホームルーム開始の予鈴《よれい》が鳴っても、みんなは暫く、あたしの席の周りから離れなかった。

みんなに話しかけられて、みんなに笑いかけて貰えると、生きてるって感じがする。

何気なく、教室を見渡した。

壁際の席。小説を読んでいる中里さんの小さな背中が見えた。

5

「ねぇ、シズ。どうして鏡って、左右は逆に映るのに、上下はそのままなの？」

彼女は部室のデスクで小説を読んでいて、あたしの突拍子もない質問に、「は？」と不思議そうな声を漏らす。文庫本から顔を上げたシズは、一風変わった鏡の世界に住んでいる。重力反転。彼女は天井に張り付いた椅子に腰掛けて、あたしを見ていた。

鏡の世界って不思議で面白い。自分の顔は鏡越しに見慣れているけれど、シズの写真に写るあたしの顔は、鏡を通して見るあたしと少し違うような気がする。どうしてだろう。左右が逆に映っているから？

鏡に映る見慣れた自分と、シズが写真に収める見慣れない自分。どちらが本当の自分だろう。朝、学校へ行く前に十分以上も鏡を見つめていると、ここに映っているのは本当のあたしだろうか、なんて馬鹿なことを考える。手を伸ばし、光を反射する鏡面に指先を触れさせる。指先の向こうには違った世界が広がっていて、もう一人のあたしがそこに住んでいる。あたしたちは二人。シズが見ているのは、どっちのあたし？

　先生に貰った二眼レフのトイカメラ。縦の写真ばかりで横にして撮ったことってなかったなと、それを真横に構えた。横にすると眼鏡の付いた箱みたいに見える。そのレンズをシズに向けて、ファインダーを覗き込んだ。光の窓に、上下が逆になったシズの姿が映って驚く。左右が逆になっていると思ったのに、上下が逆だ。なんだか、新鮮で不思議。けれど、鏡って左右を逆にして、上下はそのままなんじゃないの？　だって、上下が反転する鏡なんて見たことない。二眼レフのスクリーンに映る像は、厳密には鏡じゃないから？　だから例外なの？

　シズは二眼レフのレンズ越しに、あたしを眺めて、ふぅんと声を漏らす。

「カオリも、そういうふうに考えるんだね」

「え、なにそれ、どういう意味？」あたしは逆さまになったシズを覗いて、唇を尖らせた。可愛らしくふてくされる表情を作る。「だって、普通の鏡って、左右は逆になるけど、上下はならないじゃん？　けれど、こうやって覗くと、シズは上下逆になってるんだもん」

「いつだったか、ミラ子が同じようなことを言っていたよ。ネットで調べると、疑問に思ってる人たちって、多いみたいだね」シズは頬杖を突いて、なんだか愉快そうに眼を細める。あ、可愛い。反射的に、シャッターのレバーを倒す。響く、バネの音。「わたしは、そんなふうに疑問に感じることがなかった。そもそも、鏡は左右を逆に映していないんだから」

「なんで、どういうこと？」

「上下左右の定義によって、答えは変わる。そのカメラの、フィルム送りのノブがある方を右、巻き戻しノブがある方を左と定義しよう。レンズ側が上方向、フィルム室は下方向だ」

「え……」突然そう言われると、戸惑う。手に構えた二眼レフは、レンズをあたしの左手側に向けていた。そうなると、フィルム送りのノブがある右側は天井を向いていて、巻き戻しノブの左側は床を向いている。

「スクリーンに映った像を、どの方向に反転させたら、元に戻る？」

「えーっと」

上下に反転してるんだから、上下にひっくり返せば元に戻るはずだ。フィルムのネガを露光面から表側にひっくり返すときのように。だから答えは上下方向に——。あ、違う、この場合は、ノブが付いている両サイドは上下ではなく左右と定義されていた。カメラの左右。

「えっと……左右方向に反転、だね」

それで、元に戻る。

「それじゃ、今度はカメラを通常通りに構えて、わたしを見てごらん」

言われた通り、小さなカメラを下げて、シズに向き直る。上からファインダーを覗き込んだ。左右に反転している、彼女のクールな顔。人間って、基本的に左右対称だ。だから、いま、左右が違っているのは、彼女の頬杖を突いている腕と、その背景の狭苦しい壁の様子で判断できる。

「今度は、どちらの方向に反転させると、元に戻る？」

そりゃ、左右が反転しているから、左右方向に——。

「あれ？」

シズの定義でも、ノブが付いている左右方向に反転。変わらない。さっきと一緒だ。

わけがわかんなくなって、シズを見上げる。

「どういうこと？」

「どちらも同じ結果になったね。それでは、鏡はいったいなにを反転させて映しているんだろう？　二眼レフカメラは、滅多に見られない上下逆像を見せてくれる。けれど、日常の中に、上下逆像の鏡が存在しないわけじゃないんだよ」

「え、上下を逆に映す鏡って、他にあるの？」

「いくらでもある」シズはすました顔で首を傾げた。意識してやっているのか知らないけれど、この角度の表情がシズの決めポーズだと思った。講釈を垂れるときの偉そうな彼女は、どこかたまらなく憎らしくて、それ以上に愛らしい。反射的にファインダーを覗いて、シャッターのレバーを下ろす。「逆立ちをして、鏡を覗いてごらん。上下が逆に映るよ」

そう告げて、話は終わりとばかりに文庫本を開いた。

なんとなく、シズの言いたいことがわかった。上下左右の定義は、鏡を見つめる人間によって変わる。そういうこと？

けれど、そうだとしたら、鏡はなにを反転して映しているんだろう？　上下でもなく、左右でもなく。なんだか煙に巻かれたような気がする。シズと会話をしていると、ときどきこの慣用句を使いたくなる。

「こういうの、ロマンティックな人間が悩むんだよ。カオリは空想好きなんだね」

シズの言葉はわけがわからない。そういえば、さっきはちゃんとフィルム送りしたっけ？　焦りながら、ノブを回す手に力を込めた。

「カオリ」シズはもう、文庫本に視線を戻していたはずだった。彼女の方から声を掛けてくるなんて珍しい。「男子にビンタしたって話、本当？」

シズにまで聞かれるとは思わなかった。

「なんかひどいことしたの、そいつ」

シズは、いつものように静かな口調で言う。

もしかして、心配してくれてるの？　そうだとしたら、嬉しい。

「大丈夫、なんにもされてないよ」

「カオリが、理由もなく、そんなことするとは思えない」

「そうかなぁ」小さな二眼レフを机に置いて、あたしは剝《む》き出《だ》しの太腿《ふともも》をさする。「べつに、あたしだって意味なくイラつくときはあるよ。あのときなんか、誰かさんと喧嘩してたときだからね」

当の本人を見る。相変わらずクールな眼差しを向けてくる彼女は、嫌味が伝わったのかほんの僅かに眉根を寄せた。

「なにか理由があるなら、聞くよ」

「べつに、もういいって。あのことは気にしてないからさ」

「そうじゃなくて」シズはあたしの言葉を遮る。「わたしのことじゃなくて、そのビンタの理由」

なにかあるんでしょう？

シズはまっすぐにあたしを見ている。

基本的に、写真を撮るとき以外は、他人に無関心なんだと思っていた。もしかして、本当にあたしのことを心配してくれているんだろうか？　教室のみんなと同じように、あたしが松下になにかされたんじゃないかって、疑ってるの？

そんなふうに聞かれると、答えたくなる。本当に、大丈夫なんだってこと、なんでもないんだってこと、伝えなきゃって。

あたしは、大丈夫なんだって。

「映子の話、覚えてる？」

あたしはときどき、シズに映子の話をすることがある。今日、このときみたいに、唐突に。

シズは黙ったまま頷いた。

「思い出しちゃって、映子のこと」

丁度二年前。中三の秋のことだった。

三年B組は、男子も女子も仲が良くて、だから結束力が高かった。映子をからかって、陰湿ないじめをするのは女子だけに限らなかった。男子にとっても、映子は格好の餌《えさ》だった。

「よくあるじゃん。あたしも、陰で見て笑ってたよ。ああいう遊び、なんか名前あるのかなぁ。絶対、少女漫画とかが元ネタだよね。みんなして、それを真似して遊んでいるっていうか」

とにかく、経験したのは一度や二度じゃない。自分が直接、その手紙を書いたことはなかったけれど。男子も女子も、異性をからかうのに行う、陰湿で卑怯《ひきょう》な遊びだった。

映子に、ラブレターを出す。差出人の名前は、そこそこカッコいい男子の名前にする。字は男の子が書くし、文章も真面目に考えるから、すごく信憑性がある。男子をからかう場合は、当然ながら女子が書く。けれど、あたしのいた中学では、女子をからかってやることが多かった気がする。

「校舎裏とか、そういうところに呼び出すんだ。それで、みんなしてその場で、映子が来るのを待つの」

本人が来たら、これ見よがしに笑って、声を小さくして、でも本人に聞こえるくらいの声で言うんだ。本当に来ちゃったよー、マジうけるんだけどー。ありえないっしょ。思い上がりすぎじゃない？　マジで告白されるとか思ってるのかね？　鏡見ろよ、鏡。

そんなふうに笑い合って、嬲《なぶ》って痛めつける。誰が考えたのか知らないけれど、冷酷すぎる遊び。けれど、その陰湿な娯楽を、無邪気なあたしたちは平気な顔で実行してしまう。

他人の痛みなんて、わからないから。

自分の身に降り注いで初めて、ようやく気付く。

とてつもなく鈍感で、愚かな子ども。

「松下、中学が同じだったんだよね。で、そのとき映子を笑ってたグループにいたんだよ。なんか、そのときのこと思い出して、腹が立った」

あたしは自分の膝に視線を落として、プリーツの折り目を指先で弄《もてあそ》んでいた。シズはなにも言わなかった。ただ頷いてくれたような気がした。

あたしも、同じような遊びで他人を嗤《わら》っていたのに、今更に正義感を振りかざして憤《いきどお》って。おかしいと思う？

「ねぇ」

顔を上げて、シズを見る。彼女はもう文庫本から手を離して、あたしの方に身体を向けていた。

「中里さんって、知ってる？」

シズはかぶりを振る。クラスが違うし、選択授業で一緒にならない限り、そりゃ、知らないよね。

「最近、教室の空気、悪いんだよね。ううん、最近ってわけじゃないのかも。今まであたしが気が付かなかっただけだよね。中里さんって子が、なんか、あからさまにハブかれてるっていうか」

「カオリの友達？」

友達？　どうだろう。何度かグループに混ざって遊んだことはある。一緒にカラオケに行ったこともある。けれど下の名前は覚えていなかったし、彼女とメアドを交換したことはない。友達とは呼べないのかもしれない。

だから、関係ない。あたしには、関係ない。

「でも、居心地悪いんだよね」

溜息を漏らし、テーブルに頬杖を突く。両手で頬を覆って、天井を見上げた。

「あんたが誘ってあげればいいじゃん。お昼でもなんでも」

その言葉は、以前にも聞いた台詞だった。

難しいこと、さらりと言ってくれる。

本当に、さらりと。

シズには、怖いものって、なにもないの？

彼女を見ると、シズはもう文庫本に視線を落としていた。

6

「可愛いね。モデルになってくれない？」

初めてシズに声を掛けられたとき、あたしは美化委員の手伝いを終えて、体育館そばのベンチに腰掛けていた。一年生、五月の終わりだった。風がぬるくて、雨が降りそうなくらい空気が湿っていた。その匂いはよく覚えている。

いきなり、大きなカメラを持った女の子が寄ってきて、レンズをこちらに向けた。なんだろうと思って怪訝《けげん》に見返していたら、ピピって音がして、シャッターを切る音が鳴った。自分が撮られたんだ、とはすぐに気が付かなかった。その子はシャッターを切りながら、近付いてくる。なんなのこの子？　呆気《あっけ》にとられて見ていると、すぐにミラが駆け寄ってきて、「こらこらこら」と慌てて遮った。ミラは同じクラスだった。

「ごめんね、この子、ちょっと見境ないっていうか。あ、写真部で、同じ一年の天野さんっていうんだけどね」

初めて見た天野さんの印象は、髪が長くて無口な子。

「こら、シズ。日比野さん、驚いてるでしょ」

「ミラ子の知り合い？」

彼女はようやくカメラを下ろして、あたしを見る。

「日比野さんだよ。日比野香織《かおり》さん。同じクラス。席近いんだ」

「ふぅん」そのとき、シズは興味なさそうに頷いて、それから、そう、あたしを見て、少し首を傾ける決めポーズの表情で、こう言った。「可愛いね。モデルになってくれない？」

少し、心臓が加速したのを覚えている。

どうしてだろう。可愛いって言われたから？　モデルって言葉に特別なものを感じたから？　よくわからない。照れくさい気持ちと一緒に、小さな喜びのようなものが浮き上がってきて、うまく笑えないまま、あたしは頷いていた。

あたしでいいの？

ていうか、あたしも写真部に入っていい？

天野しずくは不思議な子だった。最初は、大人しくて人見知りする子なんだと思い込んでいた。滅多に笑わないし、自分から話しかけてくることもない。部室では隅の方で写真誌や小説を読んでいたりするだけで、お喋りの輪に加わることがない。先生や部長の言うことも、無視してるんじゃないのコイツ、っていうくらいに相槌を打たない。イヤフォンで耳を塞いでいるその様子は、他人の干渉を一切拒んでいるようにも見えた。けれど、いったん口を開くと止まらない。写真のことに関しては、先生や部長に細かく質問を繰り返す。納得のいくまで繰り返し説明を聞いて、決して妥協しない。カメラや写真のことになると、あたしたちの知らないことをいくらでも話してくれる。

写真を撮るときなんて、シズは冒険家だ。人見知りなんてとんでもない。知らない人が相手でも、とにかく近付いてシャッターを切る。相手に気付かれてから、「撮っていいですか?」と了承を得ようとするし、気付かれないならそのまま盗み撮り。その度胸の強さは写真部一で、みんなで撮影会に行くと、可愛いお姉さんや外人さん、小さな子どもの写真まで、人物のスナップをバリエーション豊かに撮ってくる。

この子は、大人しいわけでも、人見知りするわけでもない。ただ、必要でないときは、ひたすらに静かなんだ。ミラが名付けたシズって愛称は本当にぴったりだった。

「カオリ。写真を撮ろう」

バイトのない日。放課後はミラと一緒に、すぐさま部室へ向かう。シズは誰よりも早く部室にいて、カメラと三脚を用意して、あたしたちを待っている。カオリ。写真を撮ろう。

シズの声で聞く、その言葉はとても心地いい。

シズが普段、教室でどんなふうに過ごしているのかを、あたしは知らない。彼女は空気を読むってことを知らなくて、その自己中心っぷりに、ときどきイラつくこともある。一年生のとき、彼女の教室を覗いた。シズは一人だった。教室の真ん中の席、誰よりも目立つ場所にいて、けれど、ひっそりと寂しく本を読んでいた。騒がしい笑い声が木《こ》霊《だま》するその場所で、わざわざ本を読む理由はなんだろうと考えたことがある。


撮影会はよく晴れてくれた。

今日の主役はミラ。彼女が可愛いワンピースを買ったので、その姿を撮りまくってやろうという心算《つもり》だ。ここのところ、ミラはどんどん可愛くなっている。見違えるほどに。たぶん、恋をしているんだと思う。相手が誰なのか、いつか白状させたい。それは、あたしのミラを差し出すのに、相応《ふさわ》しい相手？

起きてすぐ、気温を確かめた。今日は九月上旬並みで暑い一日が続くでしょう。着ていく服は夏物の方が良さそうだった。少し悩んで、コットンのポンチョと、かぼちゃパンツに決めた。あたしのバイト代のほとんどは洋服に消えていって、ときどき思い出したようにフィルムを買う。だから、なかなかお目当てのロモが手に入らない。

撮影会になると、あたしたちはいつもより少しだけファッションに気を使う。シズに自分を撮られる日はともかくとして、たまたま誰かの写真に自分の姿が紛れ込んでしまう可能性も否めない。そんなとき、自分がダサい格好をしていたら泣くに泣けない。ネガごと切り裂いてやりたくなる。

待ち合わせは、ときどき使う森林公園に現地集合。咲いている花も多く、散歩している人たちの姿が目立つここの景色は、部長が気に入っている。

ミラは約束通り、ブラウスにイチゴ柄のワンピース。想像以上に可愛く仕上がっていて、到着早々テンションが上がってしまった。シズはTシャツ生地のマキシ丈ワンピにカンカン帽で、見た目だけならよく似合っている。可愛いんだけれど、シズにぴったりくるファッションて、未だにわからない。いちばんしっくりするのは、学校の制服なんだけれど。シズは肩にかけた鞄に一眼レフやレンズを詰めているようだった。誕生日プレゼントに、ミラと一緒に雑貨屋で選んで買った大きめの花柄バッグだ。秋穂はいつもの大人しい格好で、もう一人の参加者である堀沢部長は本日唯一の男子。ハーレム状態だけれど、少し気まずそうだった。彼はシズに丸レフを持たされて、「俺ってまだ部長なんだけどなぁ」と呟いている。

まずは好き勝手に公園を撮ろうということで、時間を決めて自由に行動。あたしはソラリスのフィルムを何本か買って、二眼レフとホルガ１３５に入れておいた。

どうせ撮るなら、柔らかくて幻想的な雰囲気が出せるといい。露出は少し明るめで、フィルムも優しい発色をするものを選びたい。だから、現像は苦手で滅多にしないけれど、デジタルよりフィルムの方が好き。

少しレトロで、少しファンシーで、淡くピンクの掛かった写真をたくさん並べたかった。世界は可愛くてきれい。シャッターを切れば、どんなに退屈でつまらない日常も、一瞬で華やかな景色に変わる魔法のよう。

あ、正確には一瞬じゃない。早くて、近所の写真屋さんで一時間くらい。自分で現像すると、もっともっと時間がかかる。

二眼レフで撮った写真は、写真屋さんに現像に出した。自分でやって失敗するのは怖かったし、やっぱり面倒。仕上がったプリントを見ると、トンネル効果が出ていて、思ったよりも可愛い写真が幾つかある。反面、露光不足で失敗しているのがほとんど、これはお金の無駄になってしまった。せっかく露出がうまくいっていても、自分の指でレンズを覆ってしまっている写真も多い。撮っているときは気付かなかった。

「パララックスだね」

噴水のある広場で遊び回っている子どもたちに、二眼レフのレンズを向ける。シズは近くでデジイチの望遠を構えていた。

「パララックス？」

二眼レフのプリントの話をしたら、シズからそう返ってきた。

「視差だよ。ファインダーで覗いている景色と、テイクレンズで得られる像は違うんだ。だから、テイクレンズを指で覆ってしまっていることに気付けない」

「あ、なるほど」

実際の景色と、ファインダーに映る景色は違う。

それが、パララックス？

「そういえば、思ったより低い位置になってる写真が多かった」

「テイクレンズの方が下にあるからね。ビューレンズで見ている景色で構図を決めると、そうなることが多い」

広場をよたよたと駆け抜けていく男の子。それを追いかけていく、もう一人の男の子。兄弟かな？　偶然、うまくスクリーンに収まった。脇を締めてレバーを下ろす。

ブレてるかもしれない。まだこのカメラのくせが摑めていなくて、手探りだった。フィルム送りのノブを回す。

「あ、そういえば、もう一枚、面白い写真があって」

顔を上げると、シズの姿がない。あれ、どこ行った？

「あっちの方に行っちゃいましたよ」

いつの間にか、入れ替わりに秋穂が立っていた。彼女の指さす方向を見遣《みや》ると、帽子から零《こぼ》れる長い髪が遠くに見えた。裾が汚れるのもお構いなしに、しゃがんでカメラを構えている。

「秋穂、なんか面白いの撮れた？」

「うーん、まだあまり」

秋穂は普段、お爺さん譲りのクラシックなフィルムカメラを使っている。けれど今日はデジイチの重そうなカメラを首から提げていた。

「あっちの花壇、可愛くない？」

二人して、色とりどりの花が咲いている植え込みに近付く。二眼レフのいいところは、低い位置でシャッターを切れるってところかもしれない。ファインダーを上から覗くから、被写体が低いところにあっても苦にならない。猫とか撮ってみると面白そう。しゃがみ込んで、レンズを花に向ける。

「先輩」

「うーん？」

顔を上げる。秋穂はすぐ横にいた。

「その服、可愛いですね」

「え、そう？」秋穂に服を褒められたのは初めてだ。「ありがとう。結構気に入ってるんだ」

秋穂は小さく頷いて、それから押し黙る。なんだろう。会話終了？　けれど、彼女はまだなにかを言いたそうだった。首を傾げて、続きを待つ。

「なーに？」

「いえ」と、秋穂はかぶりを振った。両手をぱたぱたと振る仕草が可愛い。撮ってやろうかと思って、立ち上がる。「あの、そういうのは、どこで買ってるんですか」

「服？」

秋穂は頷く。

「ルミネだよ。アースミュージックとか、ローリーズとか。あ、秋穂も今度行く？」

「いいんですか？」

そのとき、嬉しそうに眼を大きくする秋穂の表情は、あたしの指を突き動かす。ノーファインダーで、パシャリ。うまく収まったかな？　収まってても、ピンボケしていそう。秋穂は撮られたことに気付いていないようだった。

なんとなく、秋穂が服を褒めてくれた理由がわかった。

秋穂も、恋をしているのかなぁ。


「ミラ、あっち向いて」

「そこは、花の薫りを楽しむように」

「表情かたいよ！　もっと、こう、楽しそうにして！」

「ミラ子、顎上げる。目線はもっと先」

あたしたちの無理難題に、ミラは戸惑いの表情ばかり浮かべている。いつも撮られてばかりだから、こういうのは初めてだった。意外と楽しい。こっちに視線くださーい、なんて、ふざけて言ってしまいそう。

「あー、やっぱりダメ！　選手交代！」

頬を赤くして眼を瞑《つむ》ってばかりだったミラは、こちらに駆け寄ってきてあたしの肩を摑んだ。羞恥《しゅうち》がいっぱいになると笑うしかなくなるとでもいうかのように、珍しくけらけら声を上げながら、部長のくせに丸レフを掲げている堀沢の方にあたしを押しやる。

「え、もう？　まだ始まったばかりじゃない？」

「ムリムリ！　いいじゃんカオリ撮らせてよ！」

ミラの撮影会が早くも終了してしまうのは不服だったけれど、あたしはミラと違って、自分を撮って貰うのは素直に嬉しい。自分の容姿にはわりと自信がある。レンズを向けられて、あたしの身体をフィルムに封じ込めるシャッター音に、耳を澄ます心地良さ。それはたまらない快楽で、シズはあたしにそれを与えてくれる。

「どうすればいい？」

芝生の広がるロケーションだった。シズは言う。「じゃ、寝転がって」

「ええーっ」

相変わらずの素《す》っ頓狂《とんきょう》なリクエスト。まぁ、芝の上だから服が汚れることはなさそう。嫌なフリをしながら、シズの言葉には、素直に従ってしまう。

近くで座り込んでいる堀沢部長は、眠そうにあくびをした。

「撮影会で女子の写真を撮るなんて、天野と日比野が来てからウチの部は一変したなぁ」

彼はそう言いながら、「レフもういいです」というシズの言葉を聞いて、丸レフを折りたたむ。

シズの要求を聞きながら、芝生の上でいろんなポーズを取る。大の字に寝転がって笑ったり、髪に草をくっつけて体育座りをしたり。響くシャッターの音色。ミラも嬉々としてファインダーを覗く。秋穂は遠慮がちに、何度かシャッターを切ったようだった。シズの言葉通りに、シズの求める表情をして、身体を伸ばす。レンズを向けられるのは、純粋に心地いい。悪い気はしない。だって、あたしを見てくれている。あたしの存在を認めてくれている。

可愛い写真になるといい。可愛い女の子に写ればいい。シズ。あたしを可愛く撮ってね。

肘を立て、上半身を起こした状態で横になる。ふと視線を感じたような気がして、肩越しに振り返った。広がっているのは緑が並ぶ公園の景色。けれど、あたしの背後には空まで届く壁のように、一面の鏡が敷き詰められていて、そこにもう一人のあたしが背中を向けて寝転がっている。眼が合ったような気がした。

シズの写真に写るあたしと、鏡に映るあたしは、どこかが違う。

シズが写したいあたしは、どちらだろう。鏡の中のあたし？　それとも、本当のあたし？

太陽の光を受け止めて、草の匂いを運ぶ風に眼を細める。

どうしてだろう。砂埃が染みたのか、涙が滲みそうになった。

7

中里さんが学校に来なくなった。

文化祭まで、残り僅か。欠席二日目。

今日も文化祭準備をサボって部室に顔を出した。ここはまるでシズの部屋みたいだ。

彼女は部室奥のデスク、指定席に腰掛けて小説を読んでいた。

「結局、誘えなかったんだよね」

こっち、手伝ってよ。

そう言うだけで良かったはずなのに、できなかった。だって、あたしと中里さんは、なんの関係もないんだもん。みんなが一致団結してシカトしている人間の肩を持ったりしたら、今度は自分の立場が危うくなるかもしれない。そこまでして、助けてあげたい相手でもない。

「中里さん、このままだと、文化祭、楽しめないで終わるよね」

「別にいいじゃん」シズは文庫本に栞《しおり》を挟んで机に置く。クールな横顔で、ちらりとあたしの方を一瞥《いちべつ》してこともなげに言った。「文化祭なんて、楽しみたいやつが楽しめばいいんじゃないの」

「けれど、寂しいよ。文化祭って、重要なイベントじゃん。そういうときにひとりって、きっと寂しい」

シズは黙っている。

「シズ、修学旅行って、どこに行った？」

「なんで？」

彼女はパイプ椅子に深くもたれて、こちらを見た。

「ウチら、京都行ったんだよね。三年生のとき」

シズは落ち着いた眼差しで、あたしを見ている。

「あたしたちの班に、映子がいたんだ」

映子。もちろん、班ぐるみでシカトだった。自由行動のとき、みんなでダッシュをしたんだ。それまでに、彼女が一人でトイレに行く機会なんていくらでもあった。置いていくのは簡単だった。けれど、みんなは彼女の目の前で、急に駆け出すことを選んだ。決別の瞬間を見せつけることの方を選んだんだ。一気に、よーい、ドンで。みんなで走り出して、映子から逃げる。笑いながら、楽しそうに。ひたすらに逃げ回ったんだ。もちろん、映子は追いかけてこなかったよ。

「修学旅行、行ったんだ」

シズはそこに関心を示したようだった。確かに、教室でそんな境遇にいるのなら、修学旅行へ行くことを拒むのが自然かもしれなかった。中里さんのように。

「どうしても、いい思い出を作りたかったのかもしれない」

映子は写真を撮っていた。

使っていたのはフィルムのトイカメラ。

中里さんは、文化祭、出たくないだろうか？　思い出、作りたくないだろうか？　わからない。けれど、なにか手伝えることあるかなって、彼女は声を掛けてくれる。あたしを混ぜてって、声を出して伝えようとしている。

あたしにできることって、なんだろう？

「けれどね……。あたしたちのグループは、最低のことをしたんだ」

ホテルの部屋で、班の誰かが、映子のカメラの裏蓋を開けた。感度の高いフィルムだったので、数枚の写真を残してフィルムはすべて感光してしまったんだ。

「カオリは、黙って見ていたの」

それは、どこか非難するような口調だった。写真を愛している人間にとって、他人のカメラのフィルムをわざと感光させるような真似は、決して赦されることではないのだろう。

「あたしは知らなかった。気付いたときには、みんな笑ってるだけだったんだ」

「カオリ」

シズは急に立ち上がった。少し驚いて、彼女を見上げる。あたしは映子の話をしている間、テーブルを見下ろして、猫背のように背中を丸めていた。

「なに」

「鏡は、なにを反転させているのか、謎は解けた?」

「え……」そんなの、急に、どうしたの。「ごめん、考えてない」

「上下でもなく、左右でもなく、鏡は、いったいなにを反転させているんだろう?」

シズは立ち上がったまま、じっとあたしのことを見つめている。

この前わかったことは、上下も、左右も、定義する人間によって変化してしまう曖昧《あいまい》なものってこと。逆立ちをして鏡を見れば、上下が反転する。鏡は左右だけを反転させるのだと思っていたら、定義によってはそうではなくなる。

「カオリ、立って、わたしを見て」

カメラのレンズを向けているときみたいに、シズはそう要求する。

言われるまま、立ち上がる。シズがいるのは狭くて物が溢れかえった部室の奥で、少しだけ距離がある。

「右手を上げてごらん」

「え、なに？」

「いいから」

首を傾げながら、あたしは右手を上げる。それに連動するように、シズはすっと勢いよく左手を上げた。

「わたしは、カオリの鏡だ」

「え、あ、うん」

「わたしは、カオリと、なにが反転しているだろう。上下、左右？」

「この前は、上下も左右も反転していないって、シズは言ったけれど……。やっぱり、左右だよ。だって、あたしは右手を上げてて、シズは左手を上げてるんだもん。左右が入れ替わってる」

シズは優等生が挙手するように伸ばした左腕を、軽く見上げる。

「これは、誰の手？」

「シズの手でしょう？」

「違う。今、わたしはカオリの鏡だよ。これは誰の手？」

「えーと……」一所懸命に説明しようとしてくれるのは伝わったけれど、少しだけ滑稽に思えて、笑ってしまった。「あたしの手？」

「そう」と、シズが頷く。「これは、右手？　左手？」

「えっ……」少し、考える。シズの左手。けれど、そこに映っているのはあたし。シズは鏡。「そりゃ……。あたしの右手が映ってるのなら、右手？」

「そう、これは右手だ。これは、ロマンチストが突き当たる問題なんだよ。鏡の中に、人間がいるんだって考えている」

シズの左手は、あたしの右手。

あたしは右手を上げていて、鏡には右手が映っている――。唐突に、閃《ひらめ》いた。

「あっ……。そっか、反転してない！　してないよ！　あたしの右手は、右手を映してる！」

「そう。人間は、鏡に映るものを見るとき、左右の概念を、鏡の中の人間の立場で当てはめようとする。無意識のうちに、鏡の裏側に回り込んでしまう。それはおかしい話なんだよ。鏡の中に人間なんていない。わたしから見れば確かに左にある手だ。けれど、鏡の中に人間は住んでいない。わたしの左手は、わたしの左手は、カオリの右手なんだ。左右は反転なんてしていない」

シズは左腕を伸ばしたまま、狭いテーブルと壁の合間を縫って、あたしに近付いてくる。それから、あたしの後ろに回り込んできて、同じ向きに立った。

「こんなふうに、鏡の向こうへ回り込んでものを考えてしまう。だから、左右が反転しているように錯覚するんだ」

肩越しに、シズを一瞥する。あたしたちはもう手を下げていた。

「けど……。じゃ、反転してるのって、なに？」

「反転しているのは前後だよ。見ている方向、視線の向きが反転していると言ってもいいね。けれど、いま大事なのは、そこじゃない」

カオリ。

シズは、あたしの背中に佇《たたず》んで、そっと言葉を口にする。

「鏡の向こうにいるのは、別の誰かじゃない。鏡の中には、誰も住んでいないんだ」

鏡に映るのは、あたしで。

その向こうにいるのは――。

「映子は、カオリのことなんだね」

頬を打たれたような気がした。それは待ち望んでいた瞬間だったはずなのに、シズの言葉は、あたしの脆くて柔らかい内側を激しくかき混ぜていく。思い出のピースは無秩序に散らばっていて、拾い集めることが難しい。もう二度と覗きたくないそれは、フィルムケースの中に厳重に封じられていて、けれど、決して捨てることはできなかった。

いつの間にか、パイプ椅子に、お尻がくっついている。太腿の裏に金属の感触が当って、そこが少し冷たかった。

「どうして」

それだけしか、言葉が思いつかない。

「さっきのはわかりやすいよ。流石に」顔を上げることができずに俯いて、シズの言葉を聞く。「映子のフィルムのISO感度が高かったかどうかなんて、それこそフィルム室を覗かない限りは知ることができない。感光の結果、数枚を残して全滅してしまったというのも、映子本人にしか知り得ない情報だからね。フィルムカメラに詳しいカオリでも、憶測で断定できるのはおかしいよ。例えば、交換したばかりのフィルムで、残りの殆《ほとん》どがパトローネに収まっているのだとしたら、被害は数枚で済んで、全滅することはない。そういうケースだってある」

また、難しいこと、言ってる。やっぱり喋りすぎたんだ。黙っていれば良かったのに。仕舞っておけば良かったのに。

捨てられないその気持ちを、シズに聞いて欲しくてたまらなかった。

「松下にビンタしたっていうのも、それで納得いく」

唇を嚙むと、悔しさのぶんだけ、痛みが走る。

「そうだよ。だって」息を吐いた。自分を護るように頭を抱える。見ないで、と思った。聞かないで。シズ、あたしを見ないで。「だって、笑えるじゃん。馬鹿みたいじゃん。なんなの、あれ。あたしは……。中学のとき、結構、松下のこと好きだったんだよ。それなのに、あんな仕打ちをしておいて……。今になって、告白とかしてきて。意味わかんない。ずっと好きだったとか言って、嘘ばっかり。あたしのこと、助けてくれなかったくせに。黙って見ていたくせに！　笑っていたくせに！」

その屈辱を思い返すと、言葉が荒くなる。

好きだったなんて、嘘じゃん。なんなの、高校生になって、あたしが可愛くなったから？　だから掌《てのひら》返したの？　だから態度がぜんぜん違うの？　あたしの、可愛いところだけを見ているの？

そうだよ、だって、可愛くなろうとしたんだもの。そうすれば、やり直せると思ったんだもの。惨めでつらかった思い出をすべて洗い流して、ゼロからスタートしたかった。

「ごめんね、シズ。あたし、本当はすごく惨めでつまらないヤツで。空気読めなくて校則守っちゃう真面目ちゃんで……。クラスのみんなから、シカトされちゃうような、つまんない人間なんだよ。シズが思ってるような人間じゃなかったんだ」

封じ込めたい。知られたくない。見ないで欲しい。

それなのに、たまらなく、伝えたい。

目に映るものと、実際のものには差異がある。

シズのレンズが映すのは、高校生になってからのあたしなんだ。

それは意図的に作り替えた、人工的なキャラクター。こうすれば嫌われない。こうすれば可愛くなれる。必死になって構築した嘘っぱちの存在。

ゼロ歳から十五歳までの自分をひた隠しにして、十六歳と十七歳だけが、遠く隔てられた場所に、ぽつんと浮かんでいる。シズのレンズは、その偽者のあたしを映す。教室のみんなが見ているのもそう。ミラが見ているのもそう。大好きな人たちに、あたしは本当の姿をなにひとつ見せていない。

毎朝、鏡で眺めているんだよ。少し眠そうで、必死にいい子ぶって、自分は可愛いものが好きで、誰からも愛されるんだって。そういうのを演じているのに、少し疲れて苦しそうにしている鏡の中の自分が、本当のあたし。

どうしても罪悪感が拭えなかった。常に誰かを騙しているような気がして仕方がなかった。本当に可愛くて活発な子は、百パーセント天然素材で、生まれたときからずっとそうでないといけない気がした。

過去の思い出をすべてなかったことにして、作り替えたかった。

近くに気配がする。

薄く眼を開ける。ピンボケして濁った景色のように、視界は霞んで濡れている。涙が出ているんだ、と初めて気がついた。

淡くぼやけた、白い手。

あたしはそれに縋《すが》り付く。シズは黙って受け入れてくれた。

「仲間に入れて欲しかった。カメラを構えれば、もしかしたら、みんな写真に写ってくれるかもしれないって、友達になれるかもしれないって。それは無理でも、母さんも、父さんも、京都の写真をすごく楽しみにしていた。楽しみにしていたんだ」

現像に出して、返ってきたネガに愕然とした。

真っ黒に染まったフィルム。プリントできた写真は、たったの三枚だった。

両親は、あたしがいじめられていたことなんて、欠片も知らない。だから、間違ってカメラを落として、そのときにフィルムが感光してしまったのだとごまかした。ざーんねん。でも、楽しかったからいいよ。写真なんて、いつでも撮れるし。

嘘ばっかり。

あたしって、嘘ばっかり。

心に仕舞われたアルバムは真っ白に染まっていて、思い返すことがひどく躊躇われた。

みんなに、あたしは生まれたときからこんな性格なんだって。ずっとずっと、明るくて可愛いカオリだったんだって、本当の自分をひた隠しにしていた。

触れている手が、微かに動く。両手でそれにしがみついた。シズはなにも言わないで、もう片方の手であたしの髪を撫でてくれる。

「シズ」

「なに」

声を聞かせて、シズ。

「あたしが、もし、中学生のときのまま……。なんにも変わらないで、ダサくて空気読めない子だったら、あたしの写真を撮ってくれた？　あたしと、友達でいてくれた？」

みんな、あたしの外側ばっかり、見ているんじゃないの？

あたしが可愛いから、一緒にいてくれるだけじゃないの？

松下と、同じじゃないの？

教えて、シズ。

理想の自分になったつもりだった。古い自分は捨てたかった。それなのに、あたしは怯えている。中学生のとき、見知らぬ京都の街をたった一人で歩いていたときの、膝下までスカートを伸ばしたダサい制服の女の子。記憶のフィルムに残るその景色を、否定されるのがとても怖かった。

「そうだね」頭の上からシズの声が降ってくる。「たぶん、そうだよ。友達でいるんじゃない？」

「嘘つき」反射的に言った。「そんなダサい奴に、シズは興味なんて持たないよ」

「そうでもないよ」頭を撫でてくれる指先の動き。あたしを、包み込んで、認めてくれる手。「だって、誰かさん、空気の読めない自己中と友達になってる」

「なにそれ」

ダメだ、と思った。一気に溢れて落ちたしずくが、彼女の手の甲に落ちる。通り雨みたいに、唐突に激しく。雨の匂い。涙が頬から離れていく。しずく。そう、初めて出逢ったときのように、シズのことを想うと、湿った通り雨の匂いを連想する。

「カオリは、今の自分って、そんなに嫌い？」

あたしはかぶりを振る。降る雨が揺れる。頭の先を、彼女の身体に押し付け、身体の震えを彼女に伝える。固く握りしめた拳に、彼女のカーディガンの感触があった。恥ずかしくて顔を上げられないまま、言葉を訥々《とつとつ》と漏らす。何度もつっかえて、何度も涙を堪えようとして、しゃっくりのように喉を震わせながら。今の自分、好きだよ。理想だよ。でも、いつも、みんなを騙してるような気がして。

「ならいいじゃん」シズはぶっきらぼうに言う。なんでそんなことに悩むのって感じで、呆れたように。「別に、騙されたなんて思ってない」

大丈夫だよ。シズは少しだけ優しい声で、そう言ってくれた。

「鏡の中には、誰も住んでいない。カオリは、いつもカオリなんだよ。違って見えるカオリでも、その全部がカオリなんだ」

顔、上げられない。

「全部のカオリを、わたしが撮ってあげる」

だから、カオリのことを、もっと教えてよ。

堪えていたものが、呆気なく決壊した。情けなくて醜い呻《うめ》きが漏れて、あたしは彼女の身体にしがみつく。

写真を撮って欲しい。あたしの身体を、あなたのフィルムに焼き付けて。思い出のアルバムに飾って。写真に収まる喜び、みんなに伝えたい。いつか、あたしの玩具のカメラは誰かをレンズに映して、この幸せの十分の一でも分け与えることができるだろうかと考えた。シズのレンズのように。

もし、あたしたちを繋いでくれたのがカメラなら、それはそう難しいことじゃないように思えた。あたしのホルガで中里さんを写せるといい。ねぇ、写真を撮らせてくれる？　きっかけは、その一言で充分だ。あたしたちは、それくらいに魅力的で素晴らしい道具を持ち歩いているのだから。

新しい景色を、たくさんフィルムに焼き付けていきたい。どんなに惨めなことがあっても、どんなにつらいことがあっても、それが自分の歩んできた道なんだって、胸を張って言えるように。これから出逢うだろう人たちに、これがあたしなんだって、伝えられるように。

仕舞い込んでいた、未現像のフィルム。

それらすべてに、優しく像が浮かび上がっていくような気がした。

ペンタプリズム・コントラスト

1

カメラを構えていると、この世界には二度と同じ景色はないのだということに気付かされる。

道端に咲く花は、瞬く間にその瑞々《みずみず》しさを失い、枯れ落ちていく。空に流れる雲のかたちは奇跡の連続だ。通りを歩く人々の服装は刻一刻と変化していき、自動販売機に並んでいる商品は次々に入れ替わっていく。どんな景色にも、同じ瞬間は二度とやってこない。その一瞬は、過ぎれば永遠に失われてしまう。

だから、吸い寄せられるようにファインダーを覗いたその瞬間こそ、シャッターを切ることのできるラスト・チャンス。あとでいいなんて言い訳は通じない。肝心なときにカメラがないなんて考えられない。だから、わたしはカメラを構えて、ペンタプリズムを通って映る景色に、全力を注ぐ。大袈裟《おおげさ》だと笑われるかもしれないが、それこそ全身全霊の力を、その一瞬に費やす。

もう二度と訪れない奇跡を、自分の手で切り抜くために。

光の具合を計算し、露出を計り、ピントを合わせて、息を止める。

シャッターボタンに指を押し込んでいくのが、勝負の瞬間だ。

それなのに、と唇を噛みしめる。

それなのに、今のわたしの手は、指に痛みを与える無骨なシャーペンを握っていて、化学式の羅列を必死になって書き写している。ホワイトボードに板書を続けていく講師の手は淀みなく、その解説を聞き取りながら理解するのには苦労が必要だった。ペンを動かすのは苦手だ。こんな原始的な道具を使わないと記録を取ることができない状況がひどく歯がゆく感じられる。退屈な学校の授業とは違って、すべてを把握するのは難しい。学校では上位の成績を維持していても、この場所ではそんなものは無関係だ。低レベルな世界で偉ぶっている自分を自覚させられるようで、それもまたわたしを苛立たせる一因だと思った。

なんのためにこんなことをしているのだろう。なんのために？　愚問《ぐもん》だった。良い大学へ行くためだ。なんのために、良い大学に行かなければならないのだろう。それもまた、愚かしい自問のように思える。そんなの、親の期待に応えなければいけないからだ。理解しているつもりだった。けれど、だからといって納得できているというわけではない。

こうして無為にシャーペンの芯をすり減らしていく間にも、時間は流れて毎日は過ぎ去っていく。

写真を撮りたいと思った。

ここしばらく、放課後はあの場所に顔を出していない。カメラの重みがない鞄の中は、空っぽで身軽なはずなのに、とても不自由に感じられる。

一瞬一秒でも無駄にできない。それなのに、あるいは、だからこそ、わたしはこうして真新しい公式を追いかけて、うるさいくらいに耳に響く講師の解説を咀嚼《そしゃく》していく。

「もういい加減、写真で遊ぶのは控えたらどうなの？」

文化祭が終わってすぐ、両親は予備校のカリキュラムを増やした。ここのところ落ち込み気味だった成績に溜息を漏らして、来年は受験生になるのだから、そろそろ進路について真面目に考えなくてはならないのだと、なにもない食卓の上に大学のパンフレットを並べながらそう語った。あなたの成績ならもっといい大学に行けるのだから、遊んだりしないできちんと勉強をなさい。父はほとんど黙っていたが、概《おおむ》ね母親の意見に賛同しているようだった。

わたしの成績ならいい大学に行ける。

いい大学って、なんだろう。

そこへ行って、わたしはなにをするのだろう。

夜の講義が終わると、空腹に目眩《めまい》を覚える。やっと終わった。微かな自由を感じられるが、なにかをする気力は残らない。夕食を家族と一緒に食べなくていいのは気が楽だったけれど、そのぶん、なにも食べないですましてしまうことも多くなる。久しぶりにファスト・フードへ寄っていこうかと思いながら、鞄にノートを仕舞い込んだ。学校の教室とは違って、真剣に講師の話を聞いていた連中は、黙々と教室の戸口を抜けて廊下に消えていく。

傾けた鞄の口から、薄いパンフレットが幾つか、机に滑り落ちてきた。

それらはすべて、母が用意したものとは違うものだ。

2

今朝は部室に足を運んだ。鍵が開いているかどうか不安だったけれど、戸嶋先生は学校に来るとすぐに鍵を開けてくれているはずだった。案の定、扉は呆気《あっけ》なく開いた。いつも窮屈で騒々しいこの場所はがらんとしていて、まるで靄《もや》がかかっているようだと思った。窓から差し込む光の具合が、寂しげで丁度いい。このアングルはいいかもしれないと思って、数歩を引いてその場でしゃがみ込んだ。部室の景色を写真に収めたいと思ったのは久しぶりで、自分でも驚く。けれど鞄の中にカメラの重みがないことを思い出して、仕方なくiPhoneを構えた。シャッターの電子音が鳴るが、当然ながら、狙ったようには撮れていない。

溜息と共に立ち上がった。

扉を閉めて、いつもミラ子たちが使っている会議机に鞄を置く。今日は長居をするつもりはなかった。ずいぶん前から、文化祭で使った展示ボードの写真を片付けるように、ミラ子にせっつかれていた。勝手に片付けてくれても構わないのだけれど、たぶん、ミラ子は写真を弄ると怒られるとでも思っているのだろう。大きなプリンタの脇を通り抜けて、部室の奥に行く。窓から少し離れたところに、展示用のコルクボードが置きっぱなしになっていた。小さなキャスターが付いているタイプで、文化祭の展示ではこれを使って壁代わりにした。これ以外にも暗幕を使って教室の壁に何枚かA５サイズの写真を飾ったけれど、そちらの方は文化祭が終わったときに片付けてある。ここに貼ってあるのはすべてL判だった。

放課後はすぐに予備校へ行く必要があるから、朝の間に片付けなくてはいけない。

ボードを引っ張り出して、飾られた写真を眺める。本当はマスキングテープで飾るのは好きじゃないのだけれど、カオリに勧められて自分もそうしてみた。彼女が持っていたパステル調の色とりどりのテープ。それらは不規則に角度を付けて写真の隅を彩っていた。こうして眺めると、本当に女子っぽい。

自分の作品は好きだ。ここに撮られているのは、たいていは女の子の写真で、ほとんどはアングルのせいで判別がつかないだろうが、カオリが多い。日常のスナップのように見えるけれど、すべて衣装を用意して、テーマを決めた上で本気で取り組んだ写真だった。例えば、一面に広がる落ち葉と、茶色いブーツ。ここにはカオリの脚しか写っていないけれど、配色からなにからすべて計算して撮ったものだ。色褪せたブラウンの統一感が、林の中の静けさとブーツの可愛らしさを引き立ててくれている。タイツに覆われたカオリの細いふくらはぎも、なかなかチャーミングだ。

何歩か下がって、ボードを眺めた。展示していたのはたったの二日間だったし、誰が観に来たかなんて興味がないけれど、片付けるのは少しばかり惜しい気持ちになる。とくにマスキングテープで飾った様子は、デジタルで保存することは難しい。写真の角をマスキングテープで飾って一枚絵にできるウェブ・サービスがあればいいのになと思った。そんなことを考えている間に、ふとした違和感に気付いた。なにかがおかしい。

なんだろう？

前に見たときと、なにかが違う。

写真が抜け落ちているというわけではない。枚数はきっかり十枚。すべて揃っている。それなのに、なにかが違う。ボードに顔を寄せて、じっくりと一枚ずつ眺めた。あっと思った。

一枚だけ、日焼けしている。

暗がりの中に浮かんだ、鮮やかな赤を捉えた一枚だった。ここに並んでいる写真の中では、はっきりとカオリとわかるほど、モデルの個性が強く出ている。夜の公園で真っ赤な傘を広げて、優しい眼差しで遠くを眺め、柔らかな笑顔を見せている。もちろん、赤をイメージにして撮った作品だった。赤い傘なんて誰も持っていなかったから、この撮影のためにわざわざ二人で選んで買ったのを覚えている。唇に引いたルージュも赤を構成する一要素だったのだけれど、これはそれほど目立たないで終わってしまった。

その写真だけ、日焼けしている。

インクジェットプリンタの染料インクは紫外線に弱い。長い時間、日光に照らされていると、写真が赤茶けてしまうことがある。それがいわゆる写真の日焼けだ。

けれど、この写真は写真屋で現像とプリントをしたはずだった。わざわざカオリと自由が丘まで行ったのを覚えている。写真屋でのプリントは、インクジェットとは違って印画紙を使った銀塩プリントだ。そうそう簡単に日焼けするとは思えない。

どうして、この一枚だけ日焼けしてしまったのだろう？

窓辺の方に視線を滑らせた。この写真にだけ特に日光が強く当たったようには思えない。なにか他の原因があるのだろうか？　いったいどんな理由が？

ボードに手を伸ばして、角に貼られたマスキングテープを剝《は》がす。

突然、扉が開いた。

振り返ると、顔を覗かせたのは堀沢だった。

「お、天野、ご無沙汰じゃん」

堀沢は眠たそうな顔をしていた。彼の方が一つ年上の先輩なわけだが、誰も彼を先輩と呼ばない上に、威厳も覇気もない大人しい性格をしているものだから、なかなか年上という実感が湧かない。

「最近、忙しいのか？　ぜんぜん部室来てないじゃんか」

面倒だな、と思った。小さく頷くと、堀沢はわたしの表情を読み取ったらしかった。すぐに話題を変えてくれる。

「ああ、それ、片付けに来たのか。いいかげん、自分でやっちまおうかって、野崎がご

ホームルームまでもう少し余裕があった。

わたしは肩越しにボードを一瞥した。ポケットの iPhone で時計を確認すると、ホームルームまでもう少し余裕があった。

「あんまり新部長を困らせるなよ」

堀沢はそう言って、透明プラスチックの引き出しからなにかを探し始めた。

「探し物？」

そこは部員がネガなどを保存するために使っている棚だった。各人に一段ずつ割り当てられていて、わたしもそこに写真やネガ、CDの類を保管している。わたしの場合、銀塩写真はCDやスキャナでデータをデジタル化してクラウドに上げてしまうから、部室に置きっぱなしになっていても不便はない。

「探し物っつーか、後片付けっつーか。受験、忙しくなる前に整理しとこうと思ってよ」

そうか、と今更ながらに実感する。

三年生は、引退だ。

堀沢は部長だったが、今はそうではない。

文化祭も終わり、この秋からミラ子が新しい部長になった。

「来年はさぁ」堀沢は入れっぱなしにしていたネガシートを取り出して、アルバムに仕舞いながら言う。ほとんど引き出しに顔を向けたまま喋っていた。彼は人と喋るとき、たいていは眼を合わせない。「一年の男子、ちゃんと確保しとけよ。女子ばっかりだと、男って居づらいんだよ。今年入った子、ほとんど幽霊になっちゃったし」

「そういうものですか」

わたしは背後にあるカオリの写真に眼を向けながら、曖昧に頷く。新入部員の勧誘なんて、まだ先の話だった。特に興味も関心もない。そういうのは、ミラ子がきっと上手くやるだろう。男子なんて馬鹿ばかりだから、女子がたくさんいると知ったら入部してきそうなものだけれど。

「ちゃんと野崎のこと、サポートしてやれよ。写真に詳しいの、おまえだけなんだから」

堀沢の話を適当に聞き流しながら、コルクボードを片付けることにした。マスキングテープは粘着性がそれほど強くないから、剝がしても写真に跡が残らない。ほんの数分で、すべての写真をボードから剝がすことができた。テープはすべて丸めて、とりあえずゴミ箱に投げ捨てておく。ボードは備品室へ戻す必要があったけれど、それがどこにあるかなんてわからない。

ここに置いておけば、ミラ子が返しておいてくれるだろう。

剝がした写真を重ねて、一つ一つ見返していく。写真屋でプリントが上がったときに、こうして写真を一枚一枚確かめながら、後ろへ回していく作業が好きだ。特にフィルムのときは今でも期待と緊張で気持ちがはやる。なるべくインデックスカードを見ないように写真の束を取り出して、出来を確かめていく。ピントが合っているか、露出は正確か、構図は完璧だったろうか——。

自分で切り出した美しい世界が、この手の中に眠っている。心の赴《おもむ》くまま、『今だ』と感じたその時間を封じ込めたカード。けれど、そのほとんどは失敗で、落胆することの方が多い。写真を始めて何年か経つけれど、その精度は今も大して変わらない。成功するより、失敗することの方が多い。もう二度とはやってこない一瞬を、摑み損ねてしまう——。これまで、何度もそうだった。もう出会えない景色が、幾つもわたしの脇を通り過ぎていって、だから手元のアルバムに残るその一枚一枚が、宝物のように愛しく感じられる。

「やっぱお前って凄いよなぁ」

いつの間にか、後ろに堀沢が立っていた。少し驚いて声が出そうになるが、慌てて表情を取り繕う。

「なにが」

わたしは手元の写真を伏せた。

「なんだろう？」堀沢は顔を背けながら言う。「うーん。写真のセンス？」

堀沢に褒められてもあまり嬉しくはない。

彼は電車や古い街並みを撮るのが好きで、わたしとはまったく趣味が違う。ときどき、彼の撮るモノクロ写真の静謐《せいひつ》さに息を呑むような瞬間はあるけれど。

わたしが入部した当時は、銀塩カメラの扱いに関しては、彼の方がずっと詳しかった。戸嶋先生が忙しいとき、暗室での現像を指導してくれたのも堀沢だ。女子が増えたわたしたちの代から、撮影会で電車を撮るのを自粛しているらしいとは、戸嶋先生に聞いた話だった。写真を撮るときに光を意識しているせいだろう。レフを当てるのがいちばん上手いのも堀沢で、カオリを撮るときにレフ持ちをお願いすると、とくに指示をしなくても的確に動いてくれる。部長にレフを持たせるのってどうなのとカオリは気にしていたけれど、他のみんなは、写真でいちばん大事なのは光を捉えることなんだってこと、よく理解できていないんだから仕方ない。そもそもレフを使って写真を撮ること自体、やったことがないのだろう。

「先輩」その言葉を口にするのは、なぜだろう、少し気恥ずかしかった。けれど、彼はもう部長ではないし、堀沢と呼び捨てにするのもどうかと思える。堀沢は、ぎょっとしたような顔でわたしを見た。「先輩は、大学、どこ受けるんですか」

進学というのは聞いていた。

「ああ」堀沢は頭をかいて視線を逸らす。「一応、私立の安全圏。天野には縁がなさそうなフツーの大学だよ。それがどうした？」

なにかを言おうとして、唇が彷徨う。

それがどうしたのだろう。

自分でもなにを聞きたいのか曖昧なまま、それでも言葉を続けた。

「先輩は……。写真、続けますか？」

「あー、写真かぁ」

彼は会議机に置かれたネガアルバムに眼を落とす。

「そうだなぁ。まぁ、続けると思うよ。サークルがあれば、入ってみようとは思うし」

「そうですか」

そう頷く自分の言葉に、落胆の色が混じっているような気がして、自分の心理状態を分析しようと、脳が焦って動き出す。

続けると思う。

まぁ、続けると思うよ。

彼の言葉を頭で繰り返す。

なんだ。その程度なんだ。

結構、いいモノクロ写真撮るのに、やっぱり、遊びなんだ。

「天野は？」不意を突かれたような気がした。顔を上げると、堀沢は珍しく、わたしのことを見ていた。「もうそろそろ、進路決める時期だろ？　どうするんだ？」

「わたしは――」

そんなの、決まってる。

わたしは写真家になる。

そのために、芸術学部のある大学へ行くつもりだった。

3

笑える。これじゃまるで受験生のようだ。

深閑とした図書室の空気は悪くなかったけれど、ときどき聞こえる囁き声がかえって耳につく。今日はイヤフォンを忘れてきてしまったので、音楽を聴きながらペンを走らせることは叶わない。この席は先生の目が届かない場所だから、音楽を聴くには最適だった。

来週には、予備校でクラス分けテストが行われる。そこの結果が振るわなければ、当然ながらクラスのランクは落ちる。今は辛うじて、いちばんレベルの高いAクラスを受けているけれど、正直なところ、付いていくので精一杯だった。

落ちれば、両親は落胆するだろう。叱ることはしない。わたしの両親は、一度たりともわたしを叱ったことがない。カオリが言うには、わたしを甘やかしてくれる理想の両親に見えるらしい。どうだろう。そういうものかもしれない。確かに、両親には感謝している点がたくさんある。わたしの家庭は一般的な家に比べればいくらか裕福で、お小遣いというものも貰ったことがない。欲しいものを欲しいと言えば、望むぶんだけそれを買い与えてくれる。幼い頃からずっとそうだったから、それが自分にとっては当たり前だったし、よその家もそうなのだと思い込んでいた。

欲しい一眼レフに、新しいコンデジ。勉強のための新しいMacBook。叔父には高価な望遠レンズを買って貰ったことがある。

初めて触ったカメラは、ミノルタのX７００だった。カメラ好きの叔父が使っていたもので、遊びに行ったときに興味を示したら、入学祝いだと言って譲ってくれた。確か、中学一年生のときだ。そのときは、中古のカメラが入学祝いだなんてと思ったものだけれど、今にして思えばずいぶんと贅沢なプレゼントだった。今でも、わたしが持っているレンズの中ではかなり明るい部類に入る。

まだ光学の知識なんて欠片もなかったとき、叔父がレンズを取り外して中を見せてくれた。初めて見るカメラの中は、期待や想像とは裏腹に簡潔で呆気ないものだった。斜めに鏡が入っている。それだけだ。けれど、どうして鏡が入っているのかがわからない。その鏡には、ビューファインダー側の景色が映り込んでいた。

そのとき、叔父はペンタプリズムの話をしてくれた。レンズを通った光は、斜めに入っている鏡に当たって、真上に向かう。カメラの上部にはペンタプリズムという五角柱形のプリズムが入っていて、光はその中を何回も反射し、ようやくビューファインダーに届く——。何気なく覗いているファインダーの景色は、何度も何度も鏡に反射した結果得られる像なのだ。光は速い。とてつもなく。だからレンズを通った景色は、一瞬の遅滞もなくファインダーに届いて、そこに至るまでに幾重もの寄り道があったのだということを、わたしたちに意識させることがない。

何度も何度も反射させて、ようやく届く——。

使い始めたときは、ピントを合わせるのに苦労した。被写体を見つけて、スプリットイメージが分割したセンターを目安に、上下のズレがなくなるよう慎重にピントリングを動かしていく。几帳面《きちようめん》な性格をしていたわたしは、一枚の写真を撮るのに長い時間をかけた。初めて叔父に入れてもらったコダックのフィルムは、それでも二日で消費してしまった。現像に出して返ってきた写真のほとんどはピンボケだったけれど、それでも、1・4のF値が描き出す、光をいっぱいに吸い込んだ柔らかなボケ味の写真は、瞬く間にわたしの心を魅了した。自分には写真の才能があるのだと錯覚したし、叔父もわたしを褒めてくれた。

十分以上の時間をかけて撮った両親の写真は、父の方が少しボケていた。その頃のわたしは、当然ながら、絞りと被写界深度の関係なんて知らなかった。両親の座っている位置は微妙にずれていたので、最大にまで絞りを開放した一枚は、母親の顔にピントが合っていた。

その写真は、今でも居間に飾られている。

「もういい加減、写真で遊ぶのは控えたらどうなの？」

母の言葉は、決して叱るような響きを持っていない。柔らかく、呆れるような吐息が入り交じったものだ。そして、どこかわたしを恐れるように、機嫌を伺《うかが》うように、聞いてくる。

たぶん、クラスが落ちたところで、両親はわたしを叱ったりしないだろう。

ただ、小さく溜息を漏らして、落胆を示す。そして言うだろう。

「そんなことで、いい大学に行けると思ってるの？」

答えはノーだ。ついでに言えば、いい大学に行きたいとも、べつに思ってはいない。

両親は、わたしを甘やかしてくれる。それは溢れるほどの愛情の結晶だ。幼い頃から勉強させられた英語に習いごとのピアノ。ポンコツのウィンドウズXPのノートは、情報化社会への早い適応と、物事を自分で検索して調べる探求心を与えてくれた。小学校高学年のときには、優れた家庭教師と、集中して勉強ができるように用意された高価で重厚な勉強机に囲まれて、帰宅後の時間すべてを勉強に費やした。

たくさんのものを与えられて、たくさんの知識が身についた。

ただ一つ。友達はできなかったけれど。

「しずくは勉強のできる子なんだから。今からちゃんと準備しておけば、もっといいところに行けるんですからね。ただでさえ、あなたってば、協調性っていうのがないんだから、今のうちに、しっかり勉強しておかないと……」

勉強なんてしなくても、
クラスのランクが落ちたって、

母は怒らないだろう。叱らないだろう。

ただ、小さく溜息を漏らすだけだ。

けれど、わたしが大学に行かなかったら、どうだろう？

母は怒るだろうか？　叱るだろうか？　何時間も、小言を言うだろうか？

わたしに注ぎ込んだ愛情のすべてが無駄になったと知ったら、どう感じるだろう――？

シャーペンの芯が、折れる。

空腹にお腹が鳴った。昨日は結局、マクドナルドに入ってポテトだけを頼んだ。店内の油っぽい匂いに、食欲が消えてしまったからだ。今朝はトーストを半分だけで、お昼はなにも食べていない。時計を見ると、お昼休みが終わるまで、もう少しだけ時間があった。これから購買に行って、パンかなにかを買おうか迷う。買ったところで、どこで食べよう。食堂は？　教室は？　どこも騒がしくて、気分が悪くなるだけだ。

シャーペンの芯を交換している間に、集中力が途切れてしまった。鞄のノートに挟んでおいた写真が端っこを覗かせている。それを取り出して、赤い傘を差したカオリの写真を探す。

周囲の暗い箇所が、やはり茶色く日焼けしている。どうして、この一枚だけ日焼けしてしまったのだろう？　銀塩プリントは、そうそう簡単に日焼けするものではない。ボードに貼ってあった写真は、すべて写真屋でプリントしたものだ。そもそも、他の部員たちとは違って、わたしはあまり部室のプリンタを使わない。インクジェットの出来には信頼が置けないからだ。

手にした写真を裏返す。見慣れた富士フイルムのロゴがあった。

あ、これって……。

裏側に、印字がない——。

そこで、聞き慣れた声が耳に入ってきた。少し高めの心地よいアルトの声音は、図書室の静寂の中では潜《ひそ》められていたけれど、よく通るものだった。顔を上げると、カオリが図書室に入ってくるところだった。知らない女の子を連れていて、なにか小声で話をしている。彼女はまだわたしに気付いていないようだった。女の子と一緒に、雑誌類のある方へと向かう。と、こちらに顔を向けて、愛嬌のある瞳を大きくした。女の子を置いて、近付いてくる。

「シズ。こんなところでどうしたの？」

「見てわからない？」

テーブルに広げた参考書とノートを示すと、カオリは苦いものでも嚙んだような表情になる。

「もしかして、予備校の予習？　最近、ぜんぜん部室に来ないじゃん。ミラに聞いたけど、お母さんが勉強に厳しくなったってマジ？　もしかして、お昼ってここでずっと勉強してんの？」

彼女は矢継ぎ早に質問を繰り出す。どれから答えようか、判断に迷うくらいだった。

「そうだよ。教室も部室も、騒がしいからね」ふと気が付いてカオリを見上げる。「そう言うカオリは？　珍しいね、図書室に来るなんて」

「ああ、うん、あたしは友達に誘われて。たまには昔を思い出して読書でもしてみようかなって」

「ふぅん。そうだ、カオリ」手にしていた写真をテーブルに置く。「文化祭のとき、展示した写真なんだけれど」

「あー、これ、懐かしいね。この傘って、結局一度もまともに使ってないんだよね」

「この写真だけ、日焼けしているんだ」

「日焼け？」

カオリは不思議そうに眉を顰《ひそ》めた。

「え、あたし超美白じゃね？」

「そうじゃない」溜息を漏らしたい気分になりながら、かぶりを振る。「紫外線で、色が変わってる。この写真だけ、変色しているんだ。どうしてなのか、なにか知らない？」

彼女に説明しながら、一緒に展示していた写真を何枚かテーブルに並べた。カオリは明らかに校則違反の巻き毛を弄りながら、屈んで写真を覗き込む。

「あ、ほんとだー。へー。なに、写真って、色変わっちゃうの？」

「インクジェットプリンタ――。家庭用のプリンタで印刷したものは、太陽の光を浴びるとこうなるよ」

「ふぅん。これも、その、えっと、インクなんたらで印刷したやつ？」

「これは、写真屋でプリントしたはずだったんだ。けれど――」赤い傘の写真に手を伸ばし、それをひっくり返す。カオリに裏面を見せて言う。「裏側に、印字がない」

「あ、ホントだ」

カオリはすぐに気が付いたようだ。彼女はフィルムを使って写真を撮るし、カラーネガは学校で現像できないから、写真屋でプリントを頼むことも多いのだろう。だから、写真屋でプリントすればあるはずのそれがないことに、すぐに気付いたようだ。

「あれだよね。補正データとか書いてあるやつでしょ？　へんてこな数字の羅列で」

「そう。普通は写真屋でプリントに出すと、裏面に補正数値とかが印字されるんだ。それなのに、これには印字がない。よく見ると、他の写真とはロゴも違ってるね」

「どういうこと？」

カオリは眉を顰めた。

「この写真だけ、インクジェットプリンタで印刷されたものに、誰かがすり替えたんだ」

インクジェットプリンタ——つまり、家庭用のプリンタで印刷したのだとすれば、裏面に印字が書かれることもない。元の写真をスキャナで取り込むなりすれば、精巧なものとは言えないが、じっくりと見比べない限り非常に似通った複製を作り出すことができるだろう。

はぁ？　と、カオリは素っ頓狂な声を漏らした。

「え、なにそれ、意味わかんない。すり替えたって、誰が？」

「まだわからない」

「ていうか、なんのために？」

「それも不明だね」

カオリは頭をかいた。首を傾げて、うーんと唸っている。

「それって、お店の人がすり替えるとか、そんなはずはないよね。ちゃんと、最初はプリント屋さんで印刷したものだったわけでしょ？」

「そうだね。文化祭の最中か、その前後に、誰かがこの写真を、インクジェットで印刷したものとすり替えたんだ」

「犯人は、どうやって印刷したわけ？」

「オリジナルの写真を、スキャナで取り込んだのかもしれない」

「スキャナねぇ……」カオリは半信半疑な様子だった。もっとも、わたしも可能性を列挙しているだけで、これが正しい推理のようには思えない。「そんなの、学校にはあんまりないよね。うちの部室か、パソコン部くらい？」

展示室には、常に一人は部員が待機していたはずだ。わたしは二日目の数時間しか顔を出していないけれど、部員の目がある中を、写真を剝がして持ち去っていくのは難しいだろう。できたとしても、すべての作品をチェックしている堀沢やミラ子が、抜け落ちている写真に気付くはずだ。

「けどさ、誰かがすり替えたんだとして……。なんでそんなことするの？　わざわざ、銀塩プリントとインクジェットのと交換して、なんか意味あるの？」

「カオリの写真が欲しかったのかもしれない」

そう呟くと、カオリはげっと声を漏らして顔をしかめた。

カオリは端整な顔立ちをしている。控え目に言う必要がないくらい器量がいい。彼女は何度も男子に告白されているくらいだし、彼女の写真を狙っている男がいたとしても不思議ではないような気がした。

「ただボードから剝がして盗んだ場合、誰かにすぐ気付かれてしまうからね。だから、偽物と交換した。そう考えるとしっくりくるけれど……」

けれど、その場合は、やはりオリジナルをスキャンして印刷する時間が必要になる。そんなに長い間、写真が抜け落ちていることに誰も気が付かなかったのだろうか？　なにかしら無関係のダミー写真を用意して、それを張り直した？　いくらマスキングテープが剝がしやすいとはいえ、そんなことをする時間があるだろうか？　誰かに見咎められるリスクの方がずっと高いように思える。

意味がわからない。

「あぁ、だめ気持ち悪い。そういうのパス」カオリは気味悪がっているようだった。当然かもしれない。この推理が正しい場合は、犯人はどこかストーカーめいた男子ということになるのだから。「男どもに見せるために撮られてるわけじゃないんですけど……」

「まだそうと決まったわけじゃないよ」

気休めだとわかっていたけれど、そう言った。

カオリは小さく肩を落としてかぶりを振った。遠くから、日比野さん、と呼びかける声が聞こえる。図書室の静けさの中で控え目ではあったけれど、辛うじて聞き取ることができた。カオリは肩越しに振り返って手を振った。カオリと一緒に入ってきた女子だ。

「じゃ、シズ、またあとでね」

カオリの背中を見送って、テーブルに広げた写真をかき集める。

他の写真に比べると、この赤い傘の写真は彼女の顔がはっきり写っている。犯人はカオリの写真が欲しかった。だから、この写真を盗んで、そのあとで印刷したものとすり替えた——。本当にそうだろうか？　写真が手元に欲しいだけなら、スキャナで読み取って、そのあとでオリジナルを貼り戻せば良かったのでは？　どうしてわざわざ印刷して、そしてオリジナルではなく印刷したものを貼り直したのだろう？　どうしてもオリジナルの方を手元に残しておきたかった？

あるいは、もしかして——。

時間を確認すると、もうそろそろ予鈴《よれい》が鳴る頃だった。あまり勉強は捗《はかど》らなかったけれど、そろそろ切り上げるべきだろう。結局、昼食を食べる暇はなかった。ここのところ、昼食も夕食も食べ損なってしまう。

無理をすれば、パンを買って、教室で喉に詰め込む時間はあるかもしれない。

教室で？

あの喧噪の中、嘲笑と哀れみの視線を浴びながら？

なんて馬鹿な考えだろうと思った。

そして、そんなことで自分の行動を制限されてしまうような、脆くて弱々しい自己の精神に、呆れかえる。

席を立って戸口へ歩き出したとき、どこからともなく嘲るような囁きが聞こえた。普通ならば掠《かす》れて消えてしまうような密やかな会話だった。けれど、ここはあの騒々しい教室とは違う。

「ねぇねぇ。さっきの日比野さん、見た？　なにあれ、慈善事業？　友達いない子を構ってあげるとか、ボランティア精神だよね」

「株上げたいだけっしょ。日比野って、男子とかにアピールしすぎじゃね？　あたし可愛くて親切なカオリちゃんですって感じで。もう魂胆見えすぎだよ」

頬が熱くなった。

立ち止まって視線を巡らせたけれど、声の主の正体はわからなかった。

4

わたしのことは、どうだっていい。

けれど、カオリのことをそんなふうに言うなんて、どうして赦せる？

午後の授業はほとんど頭に入ってこなかった。あの嘲笑の声には聞き覚えがあるような気がして、それがこのクラスの人間で、同じ空間で同じ空気を吸いながら、同じ黒板を見詰めて同じ授業を受けているのだと思うとひどい吐き気がして頭が重くなった。死ねばいい。死ねばいい。呪詛《じゅそ》のように唇を動かしながら、女子の背中を一つ一つ睨み付けていく。さっき、カオリのことを笑ったのは誰？　わたしが孤立しているということを知っているのは、このクラスの人間くらいだ。よそのクラスにとって、わたしの存在なんてないに等しい。成績の学年上位に見かける名前くらいの認識でしかないだろう。カオリのことを侮辱した人間はこのクラスの女子に違いなかった。

チョークが黒板を打つ。指名された女子が席を立って質問に答える。先生の言葉も、生徒の言葉も、遠くからやってくる耳鳴りと心臓の鼓動にかき消され、淡く不透明な世界に紛れていくようだった。空腹に自分のお腹が鳴っている。エラー。ワーニング。パソコンで誤った操作をしたときの警告音みたい。

結局、誰が犯人なのか見当が付かないまま、低レベルな授業を聞き流しながら参考書のページを捲って公式を頭に入れ続けた。学校の授業なんてどうだっていい。わたしはその何十歩も先へと進まなければならない。あんたたちとは次元が違うんだ。一瞬だって、一秒だって、無駄にできない。役に立たない授業を受けながら、肩を小さくして、隠れるようにしながら独自の勉強を続ける。もし自分が指名されたらどうしよう。どんな問題にだって正解できる自信はあったけれど、肝心の問題内容がわからないと答えようがない。先生の声も、授業の景色も、ここではないどこか遠くで行われているように曖昧模糊《あいまいもこ》としていて、わたしの意識の外に追いやられている。大人しく、わかりませんと答えればいいと思った。そんな問題、興味はありません。そんなの、わたしの人生の役に立つんですか？　それより、カオリを嗤《わら》ったやつ、出てこい。出てこいよ。

黒板消しのクリーナーが喧《やかま》しい音を立てて、不意に現実に引き戻された。シャーペンを握りしめる手は青白く強ばっており、ノートの上で数式の展開を繰り返している途中だった。何度試しても、何度書き直しても、何度ページを捲っても、うまく解けない問題だった。いつの間にか授業は終わっていて、下校時間になっていた。頭が酸素を欲しているように重たく、瞼の裏がちかちかとする。目を瞑《つむ》ってその明滅を振り払いながら、急いで道具を鞄に放り込んだ。早く予備校に行かなくてはならない。

校舎の階段を下りながら、のし掛かる目眩を振り払う。身体が浮いているように軽かった。カメラもMacBookも入っていない鞄はとても身軽だ。それなのに、手足がひどく重くて、まるで血が通っていないみたいだった。

勉強、しないと。今のクラスに、しがみつかないと。もっと、いい大学を目指さないと。

だから、写真なんて撮っている場合じゃない。

遊んでいる場合じゃない。

本当に？

目の前が暗い。

底のない沼へと、引き摺り込まれそうになる。

駄目だ。

目を閉じたら、駄目だ。

でも、なんだか、とても疲れてしまった。

夢を見たら、楽になれるだろうか――。

5

繰り返し同じ夢を見る。

カメラを構えて、わたしはいつも失敗する。被写体がなんだったのか、記憶には残っていない。ただ、いつも傍らに誰かがいて、わたしの撮る写真を心待ちにしてくれていた。それが両親のときもあったし、叔父だったときもある。ときにはカオリや秋穂、憧れの写真家が傍らにいて、わたしの撮る写真の出来を見守っている。

そして、いつも決まって些細《ささい》なことで失敗する。ファインダーを覗いていたはずなのに、なぜかレンズキャップが閉じている。シャッターを切ろうとしたら、バッテリーがなくて動かない。あるいは、メモリーカードを入れ忘れて、写真を保存できていない。フィルムが入っていなかったり、巻き上げに失敗して感光してしまったり、とにかく、そういうどうしようもなく馬鹿な失敗ばかりする。

わたしの写真を待っていて、期待してくれている人たちがいるのに。

失敗は赦されないのに。

こんなはずじゃない。こんなはずじゃない。わたしの実力はこんなものじゃない。

本当なら、きちんと凄い写真を撮ってみせるよ。

失敗を繰り返すわたしを見て、見守っている両親は呆れたように溜息を漏らして笑う。

もう、本当に仕方ない子ね。

そろそろ遊んでいないで、勉強しないと駄目よ。

優しく、柔らかく包んだ母の言葉。

違う。違うの。お母さん。わたし、本当は写真、上手いんだよ。本当はもっと凄いの撮れるんだよ。いつもならこんな失敗しない。こんな初心者みたいな失敗しない。こんなはずじゃない。こんなはずじゃないんだよ。

わたしの写真、ちゃんと見せるから。

何度も何度も挑戦して、また同じような失敗を繰り返す。

こんなはずじゃないのに、こんなはずじゃないのに。どうしてうまくいかないんだろう。どうして、いつものようにできないのだろう。悔しさに涙が滲んで、魘《うな》されながら眼を覚ます。

今日も、同じ夢を見た。

消毒液の匂いが鼻を擽《くすぐ》った。

耳障りな吹奏楽部の演奏が耳に入り込んでくる。この天井は何度か見た覚えがあって、すぐに保健室だと気が付いた。

「シズ」

身体は重たく気だるい。顔を向けることすら億劫で、微かに呻《うめ》きが漏れるだけだった。

「先輩。大丈夫ですか？」

辛うじて顔を擡《もた》げる。声をかけてきたのは秋穂だった。パイプ椅子に腰掛けて、肩を小さくしながらこちらの顔を覗き込んでいる。眉を寄せた表情は困り果てて途方に暮れているようにも見えた。すぐ側にはミラ子が立っている。

「なんで、いんの」

喉から出る声は醜くて、唇が乾燥しているのがわかる。

「なんでって……。あんた、廊下でぶっ倒れたんだよ？　大丈夫なわけ？」

だからといって、どうしてこの二人がここにいるのかという説明にはならなかった。

黙っていると、ミラ子は手にしていたビニル袋を漁《あさ》りながら言った。

「松岡《まつおか》先生、きっと貧血だろうって。あんた、あれでしょ。どうせお昼ご飯とか食べてないんでしょ？　そのままじゃ帰れないし、ほら、これ食べて」

訝《いぶか》しんで、ミラ子が差し出したそれを見る。馬鹿じゃないの。黄色いそれはカロリーメイトで、まったく食欲をそそるものではなかった。ぱさぱさとした食感を思い出すと、吐き気すら湧いてくる。

「食べられない？　ならこっち」

またビニル袋を漁って、今度はゼリー飲料を取り出した。わざわざ近くのコンビニで買ってきたのだろうか。購買にこんなものが売られているとは思えない。

けれど、固形物でなければ喉を通りそうだった。身体を起こすと胃が悲鳴を上げそうになり、軽く嘔吐《えず》いた。空腹を通り越すと、いつもそうだ。いっそ吐いてしまえば楽になるかもしれないと思いながら、ミラ子の差し出すそれを受け取った。

けれど、指先が麻薬中毒者みたいに小刻みに痙攣していて、まともに力が入らない。キャップを開けられなかった。

「開けてあげる」

ミラ子はゼリー飲料を奪うと、あっという間にキャップを開けて、それを突き出してくる。わたしは身体を横に倒しながら、白い吸口を咥《くわ》えた。空腹で力が入らないのは本当だった。身体がありとあらゆるエネルギーを欲している。

生ぬるい感触が喉を通り抜けていく。たったそれだけのことに、先ほどまで喘ぐように震えていた自分の身体が落ち着いたのがわかる。

「秋穂、あとお願いね。戸嶋先生に連絡してくるから」

ミラ子は秋穂にそう告げて、保健室のカーテンの向こうに消えていく。小走りにフロアを抜ける上履きが乾いた音を立てていた。

ゼリー飲料はあっという間に空っぽになった。身体を横にしたまま、秋穂の方にそれとなく視線を向ける。なんて無様な姿を見られたのだろうと、やり場のない羞恥が込み上げてきた。このまま子供のように毛布にくるまって、顔を伏せてしまいたかった。

「先輩、大丈夫ですか？」

「大丈夫」答えると、少し咳き込んでしまった。本当に、無様で情けない。「ただ、お腹空いてただけ」

「良かった」そう言って、秋穂は微笑んだ。困ったように寄っていた眉が、ようやく元のかたちに戻る。「先輩、熱中するとご飯とか食べなくなっちゃうって、ミラ子先輩が言っていました。駄目ですよ。ちゃんと食べないと」

そう言いながら、秋穂は老人を介護するみたいにわたしの世話をする。例えば、飲み終えたゼリー飲料をきちんとキャップを閉めてビニル袋に捨ててくれたり、捲れ上がった毛布をかけ直してくれたり。秋穂に悪気はないのはわかっているけれど、そうしてくれる彼女の親切の一つ一つが、無様な自分を意識させられるようで、わたしを苛立たせる。

「日比野先輩も心配していました。アルバイトがあるみたいで、帰っちゃいましたけど、調子が良くなったら、メールして欲しいって」

カオリもいたのだろうか？　ただの貧血に大勢で押しかけて、保健室の先生は迷惑に思わなかったのだろうか？　放課後ということもあって、室内には自分たち以外の気配はないようだった。

「今、何時？　予備校に行かないと」

毛布の中で、腕がポケットを漁る。どうやらブレザーを着たまま寝かされているようだった。けれど、わたしの指がiPhoneを摑まえる前に秋穂が言った。

「そんな状態じゃ、すぐには帰れませんよ。先輩のお母さんには、戸嶋先生が連絡してくれてますから、今日はゆっくり休んで下さい」

その言葉を耳にすると、胸の中が憂鬱の雲で満ち溢れていく。母はなんて言うだろう。溜息を漏らして呆れる様子が、脳裏にありありと浮かんだ。

いっそのこと、叱ってくれればいいのにと思う。

わたしを叱って、罵《のの》って欲しい。

あんたは、どうしてそんなふうに駄目なの。どうしてそんな出来損ないなの。そう言って、頬を叩いてくれればいい。自分はみんなが言うほど頭が良くない。今のクラスについて付いていくのが精一杯で、協調性の欠片もなくて。自己管理すらまともにできていなくて……。だから、お母さんが思っているほど、優秀な子じゃ、ないんだよ。

わたしは最初から、出来損ない。失敗作なんだ。

いつだって、両親の期待に応えられない。

天野しずく。

名前には、雫という漢字を与えたかったらしい。けれどその当時、雫は人名用漢字に含まれていなかった。だから、仕方なくひらがなで名付けられた。もう、その時点でわたしは失敗作だ。両親の思う通りに作れなかった子。両親の思い通りにならない子。優秀な子を育て上げようとしていた両親の、甘い砂糖菓子のような愛情が、歯に染みる痛みのように、身体中を駆け巡って骨の奥まで染み込んでいく。

なにかを堪えなくてはいけないと思った。それは嘔吐感や身体の震えとは違う。閉ざそう閉ざそうと意識するほど唇が震えて、わたしは顔を伏せた。身体に掛かっていた毛布を引き寄せる。秋穂がどう感じるのかわからなかった。ただ、わたしは隠れるように毛布に顔を埋める。

「先輩……」遠く世界を隔てるように、秋穂の声はくぐもって聞こえた。「あんまり、無理しちゃ駄目ですよ」

　無理なんてしていない。

　そう答えようとしたけれど、言葉にならなかった。少しでも頬から力を緩めたら、自分からなにかが溢れ出してしまうような気がする。それがたとえ、空っぽの胃に流し込まれた流動食ではなくても、惨めで醜いものには違いなかった。

「先輩は」秋穂の声は、どこか怯えているみたいに静かだった。「写真の、専門学校に行くんですか？」

　少しだけ毛布から顔を覗かせ、秋穂を見る。彼女は伏し目がちに、視線を背けていてくれた。

「専門学校じゃない。大学だよ。写真学科のあるところを、幾つか検討してるんだ」

「写真学科……」

　オウム返しに繰り返して、秋穂はわたしを見詰める。

　それから、彼女はなにかを言おうとして唇を開いた。けれどうまい言葉が思い付かなかったのだろう。眉を寄せて、視線を背けて、何度か唇を動かして、いらいらするくらい長い時間をかけて、ようやく言った。

「すてきですね」

どうしてか、笑いたくなった。

「べつに」わたしはベッドから身体を起こす。背筋が痛かった。「まだ、行けるって決まったわけじゃない」

「先輩なら大丈夫です」秋穂の言葉は無邪気だった。「先輩の写真、その……。すてきですから」

横顔を向けたまま、ちらりと彼女を見る。秋穂は微かに笑って、それから勢い込んで言った。

「わたし、先輩の作品、好きですよ。この前も、ピンホールで自分を撮ってもらってすごく嬉しかった……。日比野先輩を撮った写真、どれも好きですし……。先輩の写真は、なんだか、見る人の気持ちを、あったかくさせてくれるような気がして。だから、えっと……。なんていうのか」

また、彼女は言葉に迷う。

「大丈夫、ですよ」

最後に、そう言った。

なんて幼稚な気休めだろう。けれど、呆れるのを通り越して、笑みがこぼれる。

「そうだといいけどね」

秋穂は照れくさそうに笑った。

扉が開く音がして、カーテンの向こうからミラ子が顔を覗かせた。

「戸嶋先生、あとで来るって」

「そう。もう大丈夫だから」

布団から抜け出て、ベッドに腰掛ける。足下に鞄があったので、それを拾い上げた。

ふと思い付いて、顔を上げる。

「ミラ子。イヤフォン持ってない？」

「は？」

「今日、家に忘れてきたんだよね。電車の中の音とか、気持ち悪くなるから」

わたしの神経質な性格を知っているからだろう。ミラ子は納得したようだった。

「べつに一日くらい貸してもいいけど。でも、荷物、部室だなぁ」

「秋穂」わたしは鞄からノートを取り出しながら、彼女に言う。「悪いけれど、部室に行って、ミラ子のイヤフォン取ってきて」

「あ、はい」

「え、なんで？　わたし取ってくるよ？」

ミラ子は不思議そうにしていたけれど、秋穂は大丈夫ですよと笑って立ち上がった。

「そう？　たぶん、机の上に置きっぱなしだから、すぐわかると思う」

「わかりました」

頷いて、秋穂は小走りに保健室を去って行く。

「シズ。もう大丈夫なの？」

ミラ子は、入れ替わりに秋穂の座っていた椅子に腰掛けた。

わたしは頷いて、手にしていたノートを捲る。挟んでいた写真を抜き出して、ミラ子に示した。

「今のうちに聞いておこうと思う」

差し出したのは、あの赤い傘の写真だった。

「これを印刷して、オリジナルと張り替えたのは、ミラ子。あんただね」

6

ミラ子は暫く、わたしをじっと見詰め返していた。その双眸《そうぼう》に浮かんだ、あからさまな動揺を見逃す人間はいないだろうと思った。

「たまたま写真が日焼けしてくれていたから、気が付いたよ。流石《さすが》に、いちいち写真の裏面なんて見ないから、変色していなかったらすり替えがあったことには気が付かなかったと思う」

ミラ子は瞼を閉ざした。

なんて答えようか、どう反応するべきか迷っているように見えた。

「最初は、カオリのストーカーかなにかが、この写真を入手するためにやったんだと思った。けれど、ちょっと考えたらすぐわかったよ。オリジナルではなく、インクジェットで印刷した方を貼り直す理由はたった一つしかない。オリジナルの方を貼ることができない事情があったんだ」

そう。簡単なことだ。

写真部の人間なら、そもそも人目を気にする必要はない。オリジナルをスキャナで読み込まなくとも、わたしが部室に保管しているCDからオリジナルのデータを手に入れて印刷することができる。

「その事情は、幾つか想像できるけれど……。いちばんあり得そうなのは、たぶん、画鋲《びょう》だ。コルクボードになら、容易に突き刺すことができる。たぶん、ボードには跡が残っていたんだろうけれど、以前からついていた画鋲《が》の跡と区別は付かないからね」

腕を引いて、突き出していた写真を膝の上に載せる。

横顔を向けて、遠くへ眼差しを向けているカオリ。

白くて眩しい肌に、赤く鮮やかな唇の艶。

「誰かが——」

堪えていたけれど、想像以上に、駄目だった。こうして自分の写真を、カオリを捉えた写真を見下ろしているだけで、身体中の血という血が沸騰していくようだった。

「誰かが——。文化祭の展示の最中、この写真に、画鋲を打ったんだ」

それは、ひどくおぞましい想像だった。

わたしの感情の一部分は、ミラ子がそれを否定してくれることを望んでいる。

けれど——。

「うん……」彼女は力なく肩を落として、それから頷いた。「悪戯……。されてた」

弱々しい声だった。

「どうして？　どうして、わたしに黙ってた？」

ミラ子は顔を上げようとしなかった。苦しげに唇を歪《ゆが》めたまま、ゆらりとかぶりを振る。

「言えるわけないでしょう。知ったら、カオリだって、シズだって、傷付くと思ったから……。だから、隠そうと思って……」

「誰がやったの？」

「わからない」ミラ子の双眸もまた、悔しげに揺らいでいた。「でも……。最近、カオリ、ちょっと立場が危うくて」

立場が危うい？

訝しんで問い詰めると、彼女は躊躇いながらも、説明した。

「文化祭の前から、ウチのクラスでちょっとハブかれ気味の子がいたの」ミラ子は視線を落としたまま言う。思い返すその記憶は苦さに満ちているようだった。「中里さんっていうんだけど……。カオリ、その子のこと、ちょっと気にしてて、仲良くなろうとしたの。それで、何人か、他の子たちの反感を買っちゃって——」

中里という子の話は、以前にカオリから聞いたことがあった。

孤立しているその子を気にかけていて、どうするべきか、相談されたこともある。

言葉が、見つからなかった。

けれど、そうか——。あのとき、図書室でカオリと一緒にいた女子が、中里だったのだろう。

わたしの耳に入ってきた嘲笑の言葉。友達のいない子に構うなんて、慈善事業だと嘲るあの言葉。あれは、わたしではなく、あるいは中里のことを指していたのかもしれない。

「けれど、わたしにまで黙っていること、ないでしょう？」

カオリは傷付くだろう。写真に画鋲を突き立てるとしたら、ピンポイントで狙われるのは顔だ。これ以上ないほどに明らかな自分への悪意。だから、それをカオリに知られまいと隠そうとしたミラ子の行動は理解できる。ミラ子はそういう子だ。そういう、どうしようもないくらいにお節介で、他人を気遣う優しい人間だった。

「なんで、わたしに黙ってた？　わたしの作品なんだよ？　相談くらい……」

「だって……」

ミラ子は眼を背けた。なにか知っている。そんな予感がした。わたしは彼女の顔を覗き込む。ミラ子は更に視線を背けて逃げようとする。

「言って」

「けど――」

「言えよ！」

自分から迸《ほとばし》る言葉は、思いのほか乱暴で、どれだけ自分が冷静でないのかを自覚できるものだった。

ミラ子は怯えたように肩を竦《すく》ませて、苦しげに呟く。

「カオリ……。教室で、言われてたんだ。調子、乗ってるって」

意味がわからず、彼女の目を見詰め返しながら、言葉を待った。

ミラ子の瞳が、悔しさに濡れている。

「調子、乗ってるって……。素人のくせに、モデルのまねごとして写真撮られて、勘違いしちゃって、可哀想な子だって……。そういう、陰口、色々と言われてて」

頬が熱かった。

「カオリは、自分が陰口言われてるって、知ってたの。だから、シズには言わないで欲しいって頼まれてた。だって、シズが知ったら……」

どうしようもないくらいに頬が熱かった。耳まで燃えるようだった。込み上げてくる屈辱に唇を噛みしめる。ようやく、理解した。理解できた。

わたしのせいだ。

わたしが撮った写真のせいで、カオリは嘲笑されたんだ——。

7

自分の撮った写真が、人を傷付ける道具になるなんて、想像したこともなかった。

帰りの電車は、ひたすらに重たい気持ちを抱えたまま、ただ呆然としていた。わたしはいつの間にか歩いていて、いつの間にか自転車に乗り、いつの間にか家の玄関の前に立っていた。

わたしの写真を見て、それを嗤う人間がいる。写っている子のことが気に食わなくて、写真の顔に画鋲を打つ人間がいる。わたしの写真の被写体になる行為を勘違いで可哀想だと、嘲《あざけ》る人間がいる――。

ミラ子が隠していなかったら。

あるいは、最初にその写真を見つけたのがカオリだったとしたら――。

どれほどの痛みが、彼女を傷付けただろう。

そして、彼女は今、どれほどの痛みを堪えているのだろう。

耳にイヤフォンをねじ込んだまま、玄関を開けてすぐ、二階に上がるつもりだった。

けれど、その試みは失敗した。鍵を開ける物音を聞きつけたのか、母親が待っていた。白い封筒を抱えていて、そこに書かれている文字を見たとき、胸の中をざわめきが下っていくのがわかった。

「しずく。あなた、これ……」

母親の抱えている封筒は、開封されていてべろが開いている。そこから取り出したのだろう、カラフルで滑らかなパンフレットを掲げて見せた。

「芸術学部って、あなた、どういうことなの……」

弱々しく、問い詰める声。

その資料は、カオリの住所を借りて取り寄せたものだ。自宅に届くと、封筒の大学名から母親に気付かれる恐れがあった。ベッドの下に隠しておいたはずなのに、母はそれを手にしたまま、呆然と立ち尽くしている。信じられない、というような表情を浮かべて。

信じられない。

信じられない？

沸騰した怒りが爆発しそうになる。

「ふざけないでよ」ローファーを脱いで、母親の手から封筒を奪い取った。「なに勝手に見てんの」

信じられない。勝手に部屋に入って、勝手にベッドの下まで覗いて。

「だって、しずく……。お母さん、そんなこと聞いていない……」

イヤフォンから流れているのは映画のサントラで、今は静かなピアノの調べが響いている。

母は裏切られたような顔をしていた。

足下に置いていた鞄を拾い上げて、母を振り切る。階段に向かった。

「しずく！　ねぇ、どういうつもりなの！」

珍しく声を荒らげた母の言葉は、徐々に訪れた激しい鍵盤のうねりにかき消されそうになる。

階段を駆け上がり、部屋の扉を閉める。鞄と封筒をベッドに投げ捨てて、後ろ手に扉を押さえた。母の気配が近付いてくる。来るな。来るな。何度もそう念じた。それは呪詛を唱えるように、唇さえ動いていたような気がする。母の声が響いた。

「お母さんたち、あなたを遊ばせるために、勉強させてたわけじゃないんだからね！　写真なんて、仕事にできるわけないじゃない！」

叱られるって、こういうことだろうか？

怒られるって、こういうこと？

勝手な都合を、勝手な理想を、一方的な価値観を、こんなふうに押しつけて。

それが、叱られるっていうこと？

嵐のように、甲高くピアノの音色が渦巻いていく。それでも母親の気配は消えてくれなくて、気が付いたときには、踵で扉を何度も蹴りつけていた。

ふざけんな。ふざけんな。

沸々と湧き上がる灼熱のような感情が、わたしの胸の内を醜く掻き乱していく。なにもかも壊れてしまえばいいと思った。やり場のない怒りが身体を突き動かしていく。悲鳴を上げたかった。

わたしは醜く唸りながら、ベッドに身体を倒れ込ませて、何度も何度も拳を布団に叩き付ける。なにを攻撃したらいいだろう。なにを傷付けたらいいだろう。なにを殴りつければいい？ 誰を罵ればいい？ 気が付いたときには腕に引っかかったイヤフォンが耳から抜け落ちて、ピアノが奏でる嵐のリズムは去っていた。投げ捨てた鞄の口は開いていて、飛び出したノートから写真が何枚か飛び出ていた。

カオリを撮った写真だった。

わたしの作品だった。

「遊びじゃ、ない……」声は痙攣していた。けれど、一人で叫ばずにはいられなかった。

「遊びじゃない！」

それなのに、どうしてわかってくれないの。どうして理解できないの。こんなにも近くにいて、こんなにもわたしを見ていたはずなのに、どうしてそのことに気が付かないの。

秋穂は言っていた。わたしが倒れたことは、母に連絡してあると。それなのに。なに。なんなの。娘の体調よりも、進路の方が心配なの？　どうしてそんなに裏切られたような顔をしているの。なんでそんな表情を浮かべられるの。わたしが写真を撮るのがそんなに気に食わないの。どうして、どうして。どうして伝わらないの。

遊びじゃない。遊びなんかじゃない。わたしは本気だ。いつだって本気だった。

それなのに――。

ベッドの毛布に拳を叩き付ける。その度に、カオリの写真が揺れて跳ねた。カオリの写真。わたしの作品。赤い傘。日焼け。ミラ子の隠そうとしたもの。秋穂が好きだと言ってくれたもの。嘲笑の対象となり、画鋲の打たれたそれ。

きっと、わたしも嗤われただろう。素人のくせに、素人をモデルにして写真を撮って、勘違いしているって。きっと嗤われただろう。ミラ子は言わないでいてくれたけれど、その疑念は消えることがなかった。

仕事じゃないと駄目なの？　お金を稼げないと駄目なの？　そうでなければ、誰もわたしのことを認めてくれないの？　わたしの作品を、作品として受け止めてくれないの？

「遊びじゃ、ない……」

除湿ケースからEOS 7Dを取り出し、大きめのバッグに詰めた。以前、カオリがバイト代を貯めて誕生日に買ってくれたバッグだった。カメラを入れるのに丁度いい大きさで、撮影に行くときはいつもこれを使っている。

バッグの中、一眼レフの重みを感じながら、部屋を出る。イヤフォンで耳を塞いで、階段を駆け下りた。

ただ闇雲に飛び出した。なにか考えがあるわけじゃない。

どうしようもなく悔しくて、どうしようもなく、本当にどうしようもなく――。

カメラを、構えたかった。

ペンタプリズムを通したたくさんの光を、ファインダーから覗き込みたかった。

ひたすらに、ひたすらに、写真を撮る。外は既に暗くて、激しく乱れた心はなんの被写体も見つけられなかったけれど、とにかくカメラを構えて、シャッターを切った。ビューファインダーのゴム部分に涙の跡が残るくらいに、惨めに情けなく、喘ぎながら、夜の街にレンズを向けた。

街灯に街路樹、駅のプラットフォーム。壁に貼られた古いポスター。カフェの外観、物珍しい車種のフロント。自転車置き場に立ち並ぶ無数の車輪。わけもわからず、無意味に、なんの芸術性もなく、目に付くものすべてにレンズを向けてシャッターを切る。

どれもこれも、下手な写真だった。

ピント合わせの電子音がする度に。モーターの駆動音がする度に。シャッターを切って、ミラーが跳ね上がる度に。ディスプレイの記憶枚数がカウントされていく度に。

悔しさに、涙が滲んで溢れそうになる。爆発しそうになる。なにもかも、捨ててしまいたくなる。諦めてしまいたくなる。だって、こんなに苦しいこと。こんなにつらいこと。こんなに嫌な気持ちになって。こんなにも、こんなにも、誰にも、なんにも、伝えられなくて。

冬の寒さを感じながら、身体を震わせて、見つけた公園のベンチに座り込んだ。

どんなに実力を身につけて、どんなに努力をしても、どんなに素晴らしいものを撮ったって。

理解されない。

それを遊びだと嗤う人たちがいる。

素人で、勘違いしていると、嘲る人たちがいる。

仕事になんてならないと、溜息を漏らす人たちがいる。

なんのために、カメラなんてやってるんだろう。

こんなに、苦しいのに。

こんなに、無駄なのに。

わたしは、いつだって本気だったのに。

こんなの。惨めで、つらいだけだ。死にたくなるだけだ。苦しいだけだ。生きていたくなくなるだけだ。

手にした重たいカメラ。両手で掲げる。こんなもの、と思った。下手くそな写真を撮って、調子に乗って、自分には才能があるんだって有頂天になって。親の期待を裏切って。友達を傷付けて。カオリのこと、何度傷付けただろう。ミラ子には、何度迷惑をかけただろう。

こんなもの。こんなもの。

壊れてしまえばいい。

そうすれば、もう、諦められる。

両親の望むしずくになれる。

カメラは遊びと割り切って、もう卒業しよう。

成績が良くて、いい大学に行けるしずくになろう。

父さんも、母さんも、きっと喜んでくれる。

初めて撮ったあの写真みたいに、きっと微笑んでいてくれる。

こんなもの。

こんなもの。

こんなもの！

一眼レフを掲げて、投げつける。すぐ向かいの道路のコンクリートへ。

脆いレンズとミラーは衝撃に耐えきれず、呆気なく壊れるはずだった。

それなのに。

笑えてくる。

腕にかけていたカメラのストラップが、抜けずにバッグの肩紐に引っかかった。無理矢理引っ張ろうとして、今度は自分のしているイヤフォンに絡まる。イヤフォンは、ミラ子に借りたものだった。バッグは、カオリが買ってくれたものだった。カメラのストラップは、秋穂が誕生日にくれたものだった。

なんだろう。本当に、笑えてくる。

先輩なら大丈夫です——。

秋穂の言葉を思い返す。大丈夫じゃない。ぜんぜん、わたし、大丈夫じゃない——。

絡めとられたカメラを持つ腕から、力が抜けた。

一眼レフをお腹に抱えて、ベンチに腰を下ろして、自分を縛り付けるように取り囲んでいるそれらに意識を移す。

本当に、馬鹿みたい。

「わたし……」

夜の公園で、一人きり。

自然と、唇が震えて戦慄《わなな》いた。

叫びたい。吠えたい。伝えたい。

誰かに、聞いて欲しい。

突然、マリンバの電子音が静かに鳴り響く。着信だった。

慌ててイヤフォンに手を伸ばした。スイッチを探したけれど、それはミラ子に借りたイヤフォンだったから、スイッチはない。ポケットからiPhoneを取り出す。カオリだった。ジャックから引き抜いて、縋るように親指がディスプレイをスライドする。

「シズ！」

カオリの声がした。

「シズ。あんた、今どこにいるの？」

「カオリ」

震える声で呟く。

カオリはなにか言っていた。わたしの母が心配していること。戸嶋先生に連絡が行ったこと。それから、先生経由でカオリに電話が行ったこと——。けれど、それをすべて聞き流して、もうどうしようもなく、伝えたかった。叫びたかった。泣きじゃくりたかった。

「カオリ……」

カオリは息を呑んだ。どうしたの。と静かに言って、言葉を待ってくれる。

「わたし……」

どうしようもなく、伝えたい。

今は、あなただけでいい。

あなたが聞いてくれれば、それでいいから。

「わたし……。写真、やめたくない。やめたく、ないッ！」

なんて一方的な言葉だろう。

けれど、カオリは電話越しに頷いてくれた。

うん、そうだね、と頷いてくれた。

「ごめん。カオリ、ごめん……」

ディスプレイを頬に押し当てながら、わたしは何度も繰り返す。

「やめたく、ない。やめたくないよ。わたし、写真、好きだ。写真、好きだよ……」

「シズ」

耳元で、カオリの声がする。

柔らかく甘いアルトの声。

心地いい、わたしの友達の声だった。

「あたしも、シズの写真が好きだよ。ミラ子も、秋穂も、堀沢も、戸嶋先生も、シズの撮る写真、大好きだよ」

わたしはなにも言えないで、醜く動物のように喘ぐだけ。

「ねぇ、シズ。あんたの写真が、どれだけあたしたちを助けてくれたか、あんたは想像できないでしょう？」

どうだろう。わたしの写真にそんな力があるとは思えなかった。けれどカオリの大袈裟な言葉は、なんだか少しだけおかしくて、張り詰めていたわたしの頬を弛緩させる。だって、写真が人を助けるだなんて。非現実的で、馬鹿みたい。

そんなの。まるでおとぎ話の魔法のよう。

先輩の写真は、なんだか、見る人の気持ちを、あったかくさせてくれるような気がして——。

秋穂の言葉を思い出しながら、わたしは片手でEOSを抱える。丸みを帯びた重厚なフォルム。たくさんの光を取り入れて、その一瞬を切り抜く魔法の道具。わたしの夢の結晶。レンズをズームさせて、初めて彼女をファインダーに収めたときのことを、思い出した。可愛い子がいる。すごく絵になる子だと思って、近寄りながら、夢中になって何度もシャッターを切った。ねぇ、モデルになってよ。感じたままの言葉を、素直に伝えた。

写真は、わたしとあなたを繋いでくれた。

「カオリ」

それは、口にするのがとても恥ずかしくて、普段は滅多に使わない言葉だった。どうしてその言葉を使うのに恥じらいを感じるのか、まるでわからない。自分らしくない言葉だと思う。

けれど、今は伝えたいと思った。

「ありがとう」

わたしと、友達でいてくれて、

本当にありがとう。

8

登校するときは、重たい荷物を抱えていた。鞄に一眼レフとノートパソコンを詰め込んで学校に通う女子生徒なんて、そうそういるものじゃないだろう。かさばった鞄を久しぶりに肩に提げると、その重たい感触に身体が傾きそうになる。

今朝は、ＥＯＳではなくて、ミノルタのＸ７００を鞄に入れた。

初めて触った一眼レフ。

叔父が教えてくれた、ペンタプリズムを通る光の話を思い出す。

レンズを通る光は、ファインダーに届くまで、何度も何度も反射を繰り返す。

届くまで、伝わるまで、何度も何度も、反射する。繰り返す。光の速さで。

わたしは光にはなれない。時間はかかるかもしれない。

けれど、この一瞬を、捨てたくはないから。

諦めたくはないから。

学校へ至るまでの道で、カメラを構えながら何度もシャッターを切った。久しぶりのフィルム作品。どの一瞬も、逃せない。どんな一瞬だって、それは永遠に失われてしまう愛しい景色だ。

同じ瞬間は二度とない。

だから、どんなときだって、わたしたちは全力でシャッターを切るのだろう。

時間はかかるかもしれない。

失敗するときもあるかもしれない。

けれど、そんな中で、輝かしいほどの美しい瞬間を切り抜くことができれば——。

朝の廊下は寂しく静まりかえっていて、校庭で朝練を繰り広げている男子生徒たちの掛け声が、ときどき耳を擽るだけだ。今日はイヤフォンをしていなかった。音楽はなくていい。この世界のありのままを受け入れて、写真に収めたいような気がしたから。

廊下を歩いて、部室に向かう。少しばかり早く来すぎてしまったかもしれない。戸嶋先生は、鍵を開けてくれているだろうか——。先生も、まだ来ていないかもしれない。冷たい空気を吸いながら、閉ざされた扉に手をかける。

きっと、いつかまた、同じように挫《くじ》けるだろう。

同じように、悔しさに唇を噛みしめるだろう。

けれど、わたしは負けず嫌いだから。

きっと、負けないでやっていけるはずだと思った。

伝わるまで。

何度だって。

わたしは、シャッターを切る。

もう二度と訪れない奇跡を、自分の手で、摑み取るために。

扉を開ける。鍵はかかっていなかった。室内に眼をやると、見知った顔が揃っていて、いっせいにわたしの方に視線を向ける。

なんで、いるの。

そう問いかけるよりも早く、会議机に着いていたミラ子が、笑って言った。

「おかえりなさい」

秋穂と眼が合う。

無邪気な笑顔に、つられるように小さな笑みがこぼれた。

昨日、訪れたばかりのはずなのに、とても久しぶりに部室に足を踏み入れたような気がする。

わたしは、小さく呟いていた。

「ただいま……」

カオリの構えていた黒いホルガが、その言葉と同時に小さくシャッターの音を立てた。

解説

坂木《さかき》　司《つかさ》（作家）

相沢作品に初めて触れたのは、氏のデビュー作『午前零時《れいじ》のサンドリヨン』だった。可愛らしいイラストと、おとぎばなしめいたタイトルに魅かれて本を開いたのだが、読みながら思った。

「新人なのに、なんて読みやすい文章を書く人だろう」

一人称が自然で、句読点が的確。そして「どこに何があって」「誰が喋《しゃべ》っている」かがよくわかる。それが最後まで徹底していて、驚いた。そして『ロートケプシェン、こっちにおいで』を読んで、さらに驚いた。

読んでいて、気持ちがいいのだ。

自分の思う句読点と、相沢作品のそれは、タイミングがぴたりと一致する。だから息をするように、水を飲むように、文章が身体に入ってくる。

こういう作家に出会うと、本当に嬉しくなる。なぜなら、地の文が好みだと、すべての著作が好みになるからだ。

ところで相沢作品には、女子高生が必須だ。それもエッジーな美少女が。

デビュー作のシリーズに登場する酉乃初《とりのはつ》は寡黙《かもく》で、『マツリカ・マジョルカ』にはじまるシリーズのマツリカは饒舌《じょうぜつ》。けれどそのどちらにも共通するのは、彼女らがミステリアスな存在だということ。ワトスン役をつとめる男子高校生は、そんな彼女たちをおそるおそる観察している。

それは思春期の視線としてしごく真っ当であり、「女子」や「女心」が彼らにとって永遠のミステリーであることが、うまく物語に作用していた。

けれど次に発表されたノンシリーズの短編集『ココロ・ファインダ』で、作者はそんな武器を思い切りよく投げ捨ててみせた。

女子高生が主人公で、学校が舞台というのは今までと同じ。けれど一人称が一話ごとに違う人物の言葉に変わる。そして出てくる人物が、どちらかといえば「普通」の女子である。ただ、シズだけは唯一、エッジーな印象ではあるが、そんな彼女に寄り添う「男子」は登場しない。この物語は、徹頭徹尾「女子」が「女子」を救うのだ。

舞台が女子校というわけではない。男子に恋をする主人公だっている。なのに、女子である。それはなぜか。

綺麗な物語を、描きたかったのではないか。

今作を読んだとき、一番に浮かんだのがそんな気持ちだった。だってとにかく、きらきらしている。眩《まぶ》しくて眩しくて、少し哀《かな》しくて。物語の面白さもさることながら、綺麗な世界観が魅力の小説だと感じた。

男子が綺麗ではないとは、言わない。ただ、一人称で登場してしまうと、少女たちに対して、どういう形であれ不純な視点を持ってしまうのではないかと思った。

綺麗な世界を、綺麗に描く。だが、それをそのまま描くと、単調かつステレオタイプなドリーム小説になる可能性もあった。けれど相沢沙呼は、そこを「綺麗すぎない」描写で回避している。

――鏡の中、引きつった笑顔を浮かべているわたし。ニキビで赤くなった痛々しい頬。

うまいな、と思うのは突っ込むのがここまでだからだ。実際のところ、リアルを追求して泥臭くするのは簡単。主人公たちを現実世界と同じ沼に引きずり込み、「リアルだ」と言っておけばいい。けれど、それでは物語の手触《てざわ》りが変わってしまう。私は、リアリティに関して言えば、その物語内で納得ができればいいと思っている。

相沢作品を読んでいていつも思うのは、さじ加減がうまいな、ということ。

たとえば作中の学校生活。現代の物語らしく、スマートフォンや、今作に限って言えば最新のデジタルカメラといった電子機器が登場する。けれどそれは読者に、「いまどきです！」と主張してこない。ごく自然に、物語の中にある。

学園ものというのは、結構そのライン引きが難しいジャンルで、下手に書くと「ああ、古いな」とか「今はそんなんじゃないよ」と思われる。だからといってそういった枝葉の部分を無視して書くと、今度は舞台が薄っぺらになって、物語としての厚みを失う。じゃあきちんと取材して「今」を思いっきり書き込めばいいのかというと、そうでもない。「今」を書き込みすぎると、それはあっという間に「今じゃない」ものになってしまうのだから。

さらにそこをクリアしたとしても、問題点は多々ある。いじめや暴力などのシーンのリアルさや、恋愛や性に関してどれくらい進んでいるか。

それは現実の世界では、個人的な事情で千差万別であるはずのこと。だからどう描くのも自由なはずなのだが、物語とそぐわなければ、やはり不協和音を奏《かな》でてしまう。

作家が女性であれば男子学生を、男性であれば女子学生を描くのも難しい。主人公だけなら、理想の異性を描くことで、少なくとも同性からの評価は得ることができるだろう。けれどもその他の人物を描いたとき、異性からの「そんなやついない」という声が聞こえてくる。

さらに難しいな、と思うのは学校という場所に対するイメージの狭さだ。たとえば会社なら、様々な形態や業種があることを、イメージさせやすい。けれど文章で学校を描くと、ステレオタイプな風景ばかりが立ち上がってくる。「黒板・机・椅子・廊下」あるいは「校庭・白線・運動部・窓」のような。

共通認識の深さは、理解のスピードを速める武器だ。けれどもそれが悪い方に作用すると、「ああ、またあの風景ね」とマンネリズムを生んでしまう。そもそも私は個人的に「学園もの」という言葉が好きではない。その言葉に、大量の手垢とイメージがべたべたとついているから。そういう惹句《じゃっく》をつけられると、作品が外から言葉で縛られてしまう気さえする。

誰もが知っているからこそ、誰でも書けそうだと錯覚《さっかく》しやすい。

私は、学校を舞台にした青春小説というのは、実は一番難しいジャンルなのではないかと思っている。

けれどそんな難しさを、相沢作品は軽々と飛び越える。

特に今作はそれが顕著だ。当たり前の風景の中にカメラが溶け込み、女子高生は、くだけながらも普遍的な喋り方をするので、違和感を覚えない。そのキャラクターもエッジーすぎず、かといって凡庸ではない。さらに恋愛も友情も仲間はずれも出てくるけれど、度を超しては描かれない。

結果、違和感のないまま、現実世界の延長線上に綺麗な世界が出現する。

そしてここが一番のポイントではないかと思うのだが、今作に登場する女子高生は、西乃初やマツリカと違って、皆「綺麗すぎない」。これは、綺麗な世界をほどよく現実に引き寄せる重要なポイントではないだろうか。

これこそが、さじ加減のうまさというものだろう。

けれど続いて発表された短編集『卯月《うづき》の雪のレター・レター』を読んで、また驚いた。こちらは今作と同じように女子の一人称で語られる「女子の物語」だが、意地悪や悪意に少し強めのフォーカスが当てられている。けれども、綺麗な印象は変わらない。きらきらした印象を残しながら、どうしようもない現実を描く。それはとてもテクニカルな作業で、ただ「綺麗だ、可愛い、不思議だ」という情熱だけで書けるものではない。

自身の視線に近い少年を退場させることで、相沢沙呼は作品に対して客観的な立場になったのかもしれない。それは実験であり、かつ冒険でもある。私は相沢文体の一ファンではあるが、氏の新しい挑戦を嬉しく思う。

——でも、気弱な男子のキャラも好きなんですけどね。


きらきら眩しくて、少し哀しいくらいに綺麗で、掌《てのひら》からこぼれ落ちていくような物語。『ココロ・ファインダ』は、「感触」を楽しむ物語だ。

読んだ後に時間が経ち、あらすじを忘れてしまっても、ふとした瞬間にあのきらきらがよみがえる。誰かのそばかすを見たとき。カメラを構える女の子を見たとき。壁の亀裂を見たとき。あなたは、その手触りを思い出す。

まるで、自分の青春時代を思い出すように。

初出
コンプレックス・フィルタ　「ジャーロ」四〇号（二〇一〇年十二月）
ピンホール・キャッチ　「ジャーロ」四一号（二〇一一年　四月）
ツインレンズ・パララックス　「ジャーロ」四二号（二〇一一年　七月）
ペンタプリズム・コントラスト　「ジャーロ」四三号（二〇一一年十二月）

単行本　二〇一二年四月　光文社刊

光文社文庫

ココロ・ファインダ
著　者　相《あい》沢《ざわ》沙《さ》呼《こ》

2014年9月20日　初版1刷発行
2020年12月25日　2刷発行

発行者　鈴木広和
印　刷　豊国印刷
製　本　ナショナル製本

発行所　株式会社　光文社
〒112-8011　東京都文京区音羽1-16-6
電話（03）5395-8149　編集部
8116　書籍販売部
8125　業務部

ISBN978-4-334-76796-9　Printed in Japan

組版　萩原印刷